女性失格

小手鞠るい

文藝春秋

女性失格

女は引き寄せて、つっ放す、或いはまた、女は、人のいるところでは自分をさげすみ、邪慳にし、誰もいなくなると、ひしと抱きしめる、女は死んだように深く眠る、女は眠るために生きているのではないかしら、その他、女に就いてのさまざまの観察を、すでに自分は、幼年時代から得ていたのですが、同じ人類のようでありながら、男とはまた、全く異った生きもののような感じで、そうしてまた、この不可解で油断のならぬ生きものは、奇妙に自分をかまうのでした。「惚れられる」なんていう言葉も、また「好かれる」という言葉も、自分の場合にはちっとも、ふさわしくなく、「かまわれる」とでも言ったほうが、まだしも実状の説明に適しているかも知れません。

——太宰治『人間失格』より

はしがき

私は、その女の写真を三葉、見たことがある。

一葉は、その女の、幼女時代、とでも言うべきであろうか、五歳前後かと推定される頃の写真であって、その子がひと組の男女といっしょに（それは、明らかにその子の若い両親であると断定できる）公園のような場所の芝生の上に両足を投げ出して座り、カメラから視線を外したまま、心ここにあらずといったような表情で、それでも母親か父親に促がされたせいなのか、きつく結んでいた唇を少しだけゆるめて、無理やり笑顔を作ろうとしている、いかにも幼気な女の子の写真である。

いたいけな女の子？

確かに、世間一般に蔓延している常識とやら（たとえば、子どもとは純粋無垢な存在であり、母性愛とは無条件の愛情である、などというような、まことしやかな言説）を、なんの疑いもなく受け入れている愚鈍な人々にとって彼女は、

「まあ、なんて可愛いお嬢ちゃんなのでしょう」

と目を細めて褒めそやしたくなるほど、そしてそれがまんざらお世辞のようには聞こえないほど、可愛らしく見えている。

しかし、世間の常識など信じるに値しない、まず疑ってかからねばならないと思っている人たち、あるいは、ほんの少しでも、女という生き物について真剣に思いを馳せたことのある人たちにとって彼女は、

「なんて幼気な女の子なんだろう」

と胸を掻きむしりたくなるような気持ちに駆られてしまい、次第に、正視しているのがつらく、苦しくなってきて、

「ああ、いやだ、いやだ、こんなもの、見たくない」

とつぶやきながら写真を放り投げてしまうかもしれない、およそそのような女の子に見えているに違いない。私の目にも、そう映っている。

「幼気」とは「痛き気」が変化してできた言葉で、心が痛むくらい可愛くて、弱々しくていじらしい、というような意味がある。まったく、この女の子の薄ら笑いは、よく見れば見るほど、痛々しく思えてならず、私の胸はひりひりしてくる。私には子どもがいないから、これは想像だけで書いているに過ぎないけれど、彼女を愛してやまない、この二十代の父親がかつては赤ん坊だった彼女のおむつを取りかえているときに、ふと「あと二十年もすれば、彼女のここは男に陵辱されるのだ」と悟り、自分が男であることを忘れて背中

に鳥肌を立てていた、そういう状態に近いように思われる。私はこれまでに、こんなにも可愛らしくて痛々しい女の子の表情を、見たことが一度もなかった。

第二葉の写真の顔は、一葉目と並べて見ると、同じ女の子とは思えないほどの変貌を遂げている。月並みな比喩でたいへん申し訳ないが、まさに、蛹から羽化した蝶、と言えるだろう。中学生なのか、高校生なのか、はっきりしないものの、とにかくおそろしく美貌の女子学生、いわゆる美少女である。ここで言う「おそろしく」とは文字通り、恐ろしさを喚起させるほど、という意味で、この恐ろしさは、醜さとも言いかえられる（これについては、後述する）。紺色のセーラー服の胸に白いリボンを蝶結びにして、足にはまぶしく白いハイソックスを履き、指でピースサインを作って、友人に向かってなのか、先生に向かってなのか、それも定かではないけれど、カメラに向かってにっこりと、花のつぼみが開くかのように、こぼれんばかりに微笑みかけている。折しも季節は春。背景には、満開の桜が写っている。

こぼれんばかりの笑み？

しかしこれまた、よくよく見れば、その笑みの中から、一葉目の幼女の面影がかすかに、どこからともなく忍び寄る闇のように、浮かんでくるのである。そうしてその闇は、じわじわと、私の胸を締めつけてくる。この美貌は、薄氷のようなものであり、いつか誰かに土足でぐちゃぐちゃに踏み潰されるためだけに存在している。美貌と醜悪は紙一重。そう思うと、やはり私はこの写真を見ているのが苦しくて、たまらなくなってくる。

放り投げようとした手を止めて、私はこんなことを思う。もしかしたら、彼女もそうだったのではないか。彼女も、自分自身の内面から滲み出てくるような闇に、言い知れぬ不安と恐怖を感じていたのではないか。言いかえると彼女は、自分の美貌が自分の人生に、もたらすに違いない魔の手の仕業に本能的に気づいて、怯えているのではないか。その怯えが彼女を歪ませ、彼女を醜く見せている。私はこれまでに、こんなにも美しくて、こんなにも醜い表情をした女の子を、見たことが一度も、なかった。

もう一葉の写真は、三葉の中でもっとも奇妙なものである。奇妙と言うよりも、奇怪と言うべきか。何歳なのか、まるでわからない。二十代のようにも見えるのに、六十代、いや、七十代のようにも見える。顔に皺がある、とか、白髪が多い、とか、そういう意味での加齢を感じるわけではない。彼女の黒髪はつやつやしているし、肌にも染みひとつない。

しかし私の目には彼女が「生きている」ようには見えない。そう、私はこの写真に、生きながら死んでいるひとりの女を見る。死に切れず、死に損ねて、生きているふりをつづけている死人、とでも言えばいいのか。これは、高層マンションのベランダだろうか。コンクリート敷きのベランダには鳥かごが三つほど並んでいて、彼女は、小鳥たちの世話をしているところだったのだろう。水入れの水を取りかえ、餌入れに新しい餌を加えていた。そのとき、部屋の中にいる誰かから声をかけられ、その人の向けたカメラに笑顔で収まった。生気のない、あたかも、透き通った亡霊のような笑顔で。

亡霊のような笑顔？

三葉目の写真だけを見た人はきっと、ぞっとして、即座にこの笑顔から目を背けることだろう。縁起でもないものを見てしまった。この女は、死神ではないか。おぞましい。忌々しい。こんなものを持っていたら、ろくなことは起こらない。今すぐにこの写真を破り捨てるか、焼き捨てるか、してしまいたい。そんな衝動を覚えることだろう。

けれども同時にこの写真には、人の心を捕らえて離さない、不思議な磁力のようなものがある。悪魔の顔をしたマリア。あるいは、観音菩薩の顔をした鬼女。私はこれまでに、こんなにも不思議な女性の顔を見たことが、やはり、一度も、なかった。

第一の手記

恥の多い生涯を送ってきました。

わたしには、生きるということがどういうことなのか、わからないのです。

もっと正確に書くと、わたしには、自分が女性であるということに対する、言い知れない不安と恐怖のようなものが常にあって、いや、しかし、この不安こそが生きている証なのだと思おうとすると、そこからまた、新たな不安が膨らんできて、脇の下には冷や汗が滲み、息が苦しくなり、足はふらつき、まっすぐに歩けなくなって、道のまんなかで、陽炎みたいにゆらゆら揺れている、そのうち、消えてなくなってしまうかもしれない、これでは到底、生きているとは言えない、少女時代のわたしの日々は、おおよそ、そんな風に過ぎてゆきました。

「葉ちゃんは、女の子なんだから」

「女の子は、そんなことしないの」

「葉湖《ようこ》、もっと女の子らしくしなさい」

「葉湖は女の子なんだから、赤がいいわね」

「なんて可愛いお嬢ちゃんなんでしょう」

そんな言葉を聞かされるたびに、わたしの心臓は止まりそうになりました。「女の子は赤がいい」「可愛いお嬢ちゃん」といったような、いわば常識的な言葉がわたしをそこかとなく、不安にさせるのです。望むと望まざるとにかかわらず、わたしに与えられた、おそらく常識的なそれらの呼称に、わたしは失望していました。つまりわたしはわたし自身を「女の子」であり「お嬢ちゃん」であるとは思っていないし、思えないままでいるのに、まわりがそう決めつけている、とでも言えばいいのでしょうか。

人間はいったい、人間として生まれてきた人間は、いったい、何を以ってして、いつから、どうやって「女の子」になる、いや、ならなければならないのでしょう。世間の常識とやらに犯されるような格好で、無理やり女の子にされたわたしの、目の前に続いている道の果てには恐ろしい怪物が待ちかまえていて、遅かれ早かれわたしはその怪物に、頭からがぶりと、食われてしまう運命にあるのだと、わたしは四六時中びくびくし、恐れおののいていました。そう、まさに自分は赤ずきんちゃんなのだと思っていたのです。自分のまわりにいる人たちは全員、恐ろしいおおかみか、気味の悪いおばあさんのように見えていたのです。

事実、わたしのまわりには、わたしを不安にさせ、失望させ、わたしを現実という名の無味乾燥な世界に引っ張り込もうとする、つまらない人たちばかりがいました。

たとえば、雪。わたしは、温暖な気候に恵まれた瀬戸内地方の小都市で生まれましたので、雪を見ることは滅多にありませんでした。せいぜい年に一度か二度、まったく降らない年もあったと思います。初めて見たのは、幼稚園児のときだったでしょうか。わたしは雪を、これは空から舞い降りてくる妖精だと思い込んでいました。絵本か何かで妖精のお話を読んで、そう思い込んでいたのだと思います。

たんぽぽの綿毛のような姿をした妖精。地面に落ちると、あっというまに跡形もなく溶けてしまう、儚い妖精。こんなにもきれいなものがこの世にあったのかと思うと、いつまで見ていても、飽きませんでした。ああ、あの綿毛みたいなものが地面に着地する前に手のひらに集めて、帽子みたいなものをこしらえて、それを頭にかぶったら、どんな感じだろう、などと、空想をたくましくしながら雪を見つめているわたしに、誰かが言ったのです。母だったのか、父だったのか、よその人だったのか、幼稚園の先生だったのか、記憶は定かではありませんけれど、とにかくそのへんにいた大人のひとりが「あれは雪だよ。綿じゃない。だから手でつかもうとしても、つかめない。雪だから、溶けてなくなる。冷たい水になってしまう」と、ご親切に教えてくれたとき、わたしはひどくがっかりしました。そして、そういう、つまらないことをわたしに言う大人を憎みました。

けれども、生きていくということはおそらく、そういうことであったのでしょう。生きていくためには、雪は溶けてなくなる、ということを認め、受け入れなくてはならないのです。同様に、生きていくためにわたしは、自分が女の子であることを認め、受け入れなくてはならなかったのでしょう。

なぜ女の子であらねばならないのか、という不安。どうすれば普通の女の子になれるのか、という不安。しかし、このような不安は人々にとっては「溶ける雪」でしかないのだ、という失望。なぜ、こんな不具合なわたしがわざわざ、この世に生まれてこなくてはならなかったのか、という絶望。

不安と失望と絶望の世界で、酸素を求める金魚のように、口をぱくぱくさせながら生きていたわたしにとって、唯一、安心を得ることができたのは、ひとりで本を読んでいる時間でした。童話でも、偉人伝でも、冒険談でも、どんな作品でもよかったのです。ページをめくりながら、活字を追っているとき（絵はどうでもよかったのです）わたしは、たとえようもなく、安らかな気持ちになることができました。涙なしには読めない悲劇であっても、血塗られた残酷な戦いの話であっても、わたしはそれらを楽しむことができました。言ってしまえば、本の中に描かれている不安と失望と絶望の物語であれば、わたしは喜んで、それらと共に生きることができた、ということです。

本を抱えてベッドにもぐり込み、夜遅くまで読みふけっていると「目が悪くなる」「早く寝なさい」「本ばかり読むな」と、両親から叱られました。

その一方で父は娘のために、月に一冊か二冊の割合で一巻ずつ、世界名作文学全集を買い与えてくれました。子ども向けに平易に書き直されたお話だった、という記憶があります。仕事から家に戻ってきた父のコートの中に隠されている分厚い本を、コートの形によって発見するのは、心躍る瞬間でした。しかしその喜びと感謝は、父に対して、ではなくて、本に対して、向けられていたように思います。

全集を読破したわたしは、小学校の図書室の本を「あ行の作家」から順番に読んでいき、借りる本が尽きるまで読んでしまうと、両親の本棚に並んでいた本をこっそり抜き取って、こっそり読みふけっていたものです。せいぜい十歳かそこらだったわけですから、もちろん、内容も言葉の意味なども、まったくと言っていいほど、理解できていなかったはずです。読めない漢字も多かったはずです。今にして思えば、それらは到底、子どもが読むべき本ではありませんでした。それでもわたしは、頭から布団をかぶって腹這いになり、懐中電灯でページを照らしながら（部屋やスタンドの明かりを点けていると、本を読んでいることが親にばれるからです）たとえば、中年男性と娼婦の交流を描いた小説や、人妻と庭師の情事を描いた小説などに耽溺していたのでした。ほかには『砂の上の植物群』『されどわれらが日々——』『個人的な体験』。小学生に理解できるとは到底、思えないけれども、この三冊はページがすり切れるほど読んだ、という記憶があります。

つまり、現実の世界で「女の子」を生きることに底知れぬ不安を感じながらも、少女だったわたしは、本の中では平然として「娼婦」を生きていたのです。本を閉じて現実に戻ったときには、自分が早晩、娼婦として生きていかなければならない性の持ち主であることに失望し、子ども心に不安と恐怖を感じていたのでしょうか。きっとそうであったに違いありません。いえ、本当のところは、よくわかりません。あの頃のわたしはいったい、何に失望していたのか、何をあんなに恐れていたのか、もしかしたらわたしは一足飛びに、少女から娼婦になりたかった、ということなのでしょうか。わかりません。つまりわたしには、自分の中に棲んでいる女というものの実体が未だに何もわかっていない、ということになりそうです。

とまれわたしは、真夜中に本を閉じたときに約束事のように戻ってくる、わたしに覆いかぶさってくるような闇、つまり、現実がたまらなくいやでした。現実とはなんでしょう。少女にとってその最たるものとは、家族です。いえ、それしかない、とも言えるでしょうか。ひとりでは生きていけない少女にとって、唯一、自分を守ってくれる存在であるはずの家族を忌み嫌い、家族という現実から逃れたいと思っていたのですから、なおかつ、そのような感情を隠し通しながら、生きていたのですから、わたしがどれほど孤独であったか、どれほど寂しかったか、想像に難くありません。くり返しになりますけれど、わたしは家族を憎んでいました。父や母を憎んでいたのではありません（憎んではいなかったけれど、嫌ってはいました）。ふたりが作り出している「家族という現実」を憎んでいたのです。おそらくそれは、家族という現実の中にあって、わたしはその家族の一員であるところの「女の子」という役割を全うしなくてはならない、という重圧によるものだったのでしょう。

とまれわたしは、幼い頃からつい最近に至るまで、家族というものがいやで、いやで、たまりませんでした。大人になってからこの話を誰かにすると、決まって「なぜなの？あんないいご両親に育ててもらって」「何不自由なく、恵まれた家庭に生まれ育ったのに、何が不満なの？」と、怪訝そうな顔をされたものです。ここでもまた、世間という名の現実と、わたしのあいだに在る、大きなずれをわたしは見せつけられます。要は、わたしは現実と非現実のあいだにできた断層を生きる少女であった、ということです（今も）。

役場勤めの父。同じ役場で知り合って結婚したあと、仕事を辞めて専業主婦になった母。六つ下の弟。家族四人で暮らす、狭いながらもあたたかいマイホーム。絵に描いたような幸せ、とまでは言えないにしても、確かに、平凡で、どこにでもあるような、退屈で、何不自由ない、恵まれた家庭だったと言えるでしょう。

なのに、わたしは、家族がいやでした。家族で過ごす時間はわたしにとって、苦痛でしかありませんでした。「家族っていいものだね」「家族がいちばん大事」「家族が大好き」などと言う人を、わたしは端から信じることができませんでした（今も、です）。たとえば学校の宿題で「家族について書きなさい」と先生から言われると、作文用紙を広げて、悶々と、悩んだものです。

果たしてここに、本当のことを書いていいのかどうか、と。

幼かった頃、家の中には、夏でも底冷えのしているような、寒々とした雰囲気が漂っていました。夜明け前のまだ暗い家の中に、静まり返った牢屋の中に、パチン、パチン、パチン、と、爪切りで爪を切る音だけが響いているような、心細いような、それでいて押しつけがましいような、なんとも不可解な雰囲気です。わたしにとって家族とは、色も形も素材もばらばらなハンガーがあっちを向いたり、こっちを向いたりして、てんでんばらばらに掛かっているクローゼットのようなものであり、足の裏で触り過ぎて毛羽立った、それでも捨てることのできない、湯たんぽの毛糸のカバー、みたいなものでした。

特に、家族そろっての食事の時間は、苦役以外の何物でもありませんでした。一刻も早く食べ終えて、自分の部屋に閉じこもりたい、本の中へ逃げ込みたい、団欒という名の懲罰から解放されたい、そればかりを願って、食べ物をよく嚙みもしないで飲み込んでいたものです。

両親は訳知り顔で、わたしに言い聞かせようとしました。

「ほらほら、葉ちゃん、もっとよく嚙んで食べなきゃ、消化できなくなるよ」

無理やり食べつづけて気持ちが悪くなり、残そうとすると、こう言われます。

「残しちゃだめ。栄養をしっかり摂らなかったら、頭が悪くなるよ」

父も嫌いだったし、母も嫌いでした。性格、容姿、仕草、服装、習慣、癖、好み、話す言葉。何もかもがいやでした。ふたりが生まれてから十四、五年間、丸ごと体験させられてきたという戦争の話もいやでした。苦労した、食べ物がなかった、ひもじかった、学校ではろくに勉強もさせてもらえなかった、お国のために「天皇陛下万歳」と言って、死ななくてはならなかった、そんな話を聞かされるたびに、自分はこんな惨めな両親から生まれてきたのかと、理不尽な自己嫌悪に駆られ、だからわたしなんか生きていたって仕方がないのだ、とさえ、思ってしまうのです。

また逆に「葉湖はね、燃え上がるような恋から生まれた子なんだよ」と、両親の下品な恋愛話を聞かされるのも、いやでした。わたしは顔に薄ら笑いを浮かべて、これは実におぞましい話だと、心を引き攣らせていました。いっそ、どこからか拾われてきた子だったら良かったのに、などと思いながら、痛烈に、孤児（外国の童話にはよく、これが出てきたものです）にあこがれていました。両親を愛せないから、自分を愛せなかった、ということでしょうか。そんなに簡単に断定してしまっていいものかどうか、自信はないものの、この言い草には一理あるのではないかと思われます。

両親への嫌悪とは対照的に、六つ下の弟のことは、病的なほど大切に思っていました。可愛がるとか、好きというのとは、ちょっと違います。なんて言えばいいのでしょうか。うまい言葉が見つかりませんけれど「心配」というのが近いように思えます。弟が怪我をしないか、弟が病気にならないか、弟が近所の池に落ちて溺れていないか、と、朝から晩まで、幼い弟のことを心配していました。

心配が大き過ぎるから、やっぱり家族はいやだ、という気持ちに結びついていくわけです。こんなにもわたしを心配させる弟なんて、いっそ、いなくなってしまえばいいのに、と。いなくなってしまえば、心配する必要もなくなるのに、と。このような気持ちは、成長したわたしが巷では恋愛と呼ばれているものをしたとき、何度も、何度も、いやというほど味わわされることになる、いわば、影のようにわたしに付いいてくる「わたし自身」でもあったのですけれど、それはもう少し、先の話になります。

そんなわけですから、わたしは子ども時代、親に甘えるということをしたことがありませんでした。甘える、とはどういう感情で、どういう行為なのかも、皆目わかりませんでした。ただ、本能的には人一倍、わかっていたのだと思います。子どもというものは、親に甘えなくてはならないのだと。それがのちに、女というものは、男に甘えなくてはならないのだ、に変化するわけですけれど、それはさておき。

生きていくことがどんなにつらく、どんなに苦しくとも、幼い子どもには、生きていく以外に、できることはありません。どんなに虐待されても、幼児は親を慕って生きていくしかありません。スナック菓子だけを与えられ、アパートの狭い一室に閉じ込められ、息も絶え絶えになっていようとも、幼子は育児放棄をしている母親がドアの鍵をカチリとあけた瞬間、母親のもとへ走り寄っていくのです。泣きながら「ママ、どこへも行っちゃいや」と言って、自分をないがしろにしている人間に抱きつくのです。餓死することよりも、ママに嫌われることの方が怖いのです。

わたしもまた、嫌いでたまらない両親から、嫌われることを恐れていました。嫌われないよう、叱られないよう、精一杯の努力をしていました。だからこそ、わたしは生きていくことがつらかったのだと、これは今、振り返ってみてわかることではありますけれど、当時はもちろん、そんなことはわかりません。無論、つらかったのはわたし自身の問題であって、両親の問題でもないし、責任でもない、それは重々、承知しています。虐待されている子どもと違って、わたしは愛されていたのですから。わたしの両親には責任はありません。わたしはただただ、無人島の浜辺で「人に会いたい」と泣き叫んでいる、人嫌いなのに人恋しくてたまらない人のように、引き裂かれた胸をかかえて、生きていくのがつらいと、感じていたのです。

そこでわたしは、不安と恐怖にまみれた生の苦痛をほんの少しでも和らげようとして、苦肉の策を思いつき、それを実行に移すことにしました。

それとは「いい子」になることです。

いい子とはすなわち「可愛い女の子」です。

つまりわたしは、わたしの外見を表す台詞「可愛いお嬢ちゃんですね」にふさわしい台本を創り上げ、みずから主役を演じることにしたのです。つまり、逆手に取ったのです。女の子として生きていかねばならないという運命を。自分が女の子であるということの不安と、恐怖と、失望と、絶望を。いい子を演じて親の庇護と愛の施しを受けるふりをする、と決めたこの決意と実践によって、わたしは期せずして、後年、男の庇護と愛の施しを受ける女として生きる訓練を積んでしまった、と言えるでしょう。

申し訳ない、少し先を急ぎ過ぎました。

あれは、わたしが小学五、六年生で、弟が保育園児だった頃でしょうか。

わたしの父はときどき、研修旅行（本当にそうだったのかどうか、わたしには微塵《みじん》も関心はありませんでした）と称して、隣県の広島へ出張に出かけることがありました。そんなとき父は、母とわたしと弟に、必ず三つ、お土産を買ってくるのが常でした。隣県ですから、特に珍しいものがあるわけでもないのに、いつもしつこいほどに尋ねるのです。

「何が欲しい？」

母と弟は至って無邪気に、答えを返していました。たとえば母は「春だから、お財布を買ってきて」と、弟は「ウルトラマン！」と。

「じゃあ、葉ちゃんは？」

と訊かれると、わたしはいつも、口籠もってしまいます。

欲しいものなど、何もありませんし、そもそも、嫌いな父に何かを買ってきてもらう、というその卑しさがいやでした。

「葉湖は、本でしょ?」

母からそう言われると、ますます固く口を閉ざしてしまいます。

「そうだな、じゃあ、どんな本がいい? タイトルは?」

もちろん本を買ってきてもらえたら、うれしくないことはないのですけれど、わたしの読みたい本と、父が娘に買い与えたい本にはすでに落差があり過ぎて、父の選択に任せれば、失望するのは目に見えています。けれども、わたしの読みたい本のタイトル『原色の街』『娼婦の部屋』『闇の中の祝祭』を口にすれば、両親は目を白黒させて驚き、理由を問い詰めようとするでしょう。

どうすればいい?

どうすれば、いい?

どう、すれば、いい?

わたしは懸命に、父の顔色をうかがいます。ここでどう答えれば、何が欲しいと言えば、この人を喜ばせることができるだろう、この人に「なんて可愛い娘なんだ」と、思わせることができるだろう、と、わたしの脳内で、浅知恵と悪だくみがそれぞれの尻尾を追い回しています。男の顔色をうかがうという女の訓練を、わたしはこの頃にいやというほど積んだのでしょう。「咲いた、咲いた、桜が咲いた」「チューリップは赤い」というようなことが書かれている子どもだましの児童文学を、娘に買い与えたいと思っている父親を欺くためには、どうすればいい？

　こうすればいいのです。

　つかのまの、しかし懸命な逡巡の末に、いい子になり切っているわたしは、可愛らしい口調でこう言いました。

「あたし、新しい、ピンク色の筆箱が欲しい」

　父は大喜びでした。

「そうか、そうか、ピンクの、花模様の付いたのか」

　などと言いながら、わざわざメモ帳を広げて、そこに鉛筆で「葉湖・ピンクの筆箱」と書き留めていました。目を糸のように細めて、うれしそうに。

　大人とはこんなにも簡単にだませるものなのか、と、わたしは呆れ、拍子抜けしてしまいました。そうして、父が買ってきてくれたオレンジ色の筆箱（好きでもない少女漫画のキャラクターがあしらわれたものでした）を手に取ると、歓声を上げて、くるくる回りながら喜ぶのです。

「わあ、こんなのが欲しかった！　うれしいな！」

　くまのぬいぐるみ、赤いリボンの付いたバッグ、ひらひらのレースのハンカチ、子犬の顔の付いたスリッパ、ピンク色の手袋とマフラー、ピンク色の水玉模様のパジャマ、ピンク色の——

欲しくもないものを欲しいと言い、喜ばせたくない人を喜ばせてしまい、うれしくもないのにうれしいふりをする、いつのまにか身についてしまった悲しい処世術。

可愛い女の子とはほど遠い、いえ、真反対の存在でありながら、ひたすら、可愛らしい女の子でありつづける、いやなことをいやとは言わず、断れば相手に嫌われるかもしれないから、いやなことでも、喜んでする、どんなに嫌いな相手であっても。大げさな書き方をすれば、これは、吐き気をこらえながら、吐瀉物を食べているような行為です。

たとえばある日、

「葉ちゃん、これ、かぶってみて。私が編んだの。可愛いでしょ?」

母から差し出されたのは、手編みの毛糸の帽子でした。うさぎの形をしています。白いうさぎには耳と尻尾まで付いています。かぶると、耳が前に垂れて、みっともない格好になります。おまけに、歩くたびに尻尾が揺れるので、不愉快でたまりません。

母は、愉快でたまらない、といった表情をしています。

「ね、どうかしら?」

父は両手を叩いて喜んでいます。

「よく似合うなぁ。可愛いよ。あれ? いつのまに、葉湖はうさぎさんになったんだろう?」

そんな父の称賛をひんやりした心で受け止めながら、わたしはしゃがんで、ふたりのまわりをぴょんぴょん飛び跳ねて見せます。ここで、こうやって、うさぎの真似でもしておかないと、ふたりに嫌われてしまう、可愛げのない、いやな娘だと思われてしまう、そう、畢竟わたしは、嫌いな相手から嫌われるのが怖かったのです。だから、相手が喜ぶと思えるようなことをみずから進んでする、あるいは、言われた通りにする、なんでも、どんなことでも、どんなに恥ずかしいことでも、どんなにいやなことでも。意志を持たない人形のような女の子に、わたしは意志的に、なっていった、断ると、相手に悪いから、相手の機嫌を損ねるから。

抵抗よりも、従順。

これが後年に到り、いよいよわたしのいわゆる「恥の多い生涯」の、重大な原因ともなる性癖のひとつだったように思われます。

小学生時代を通して、可愛い女の子を演じつづけていたわたしは、表面上、何不自由ない生活を送っていました。ピアノとバレエを習わせてもらい、母の通っていた裁縫教室の発表会である「ファッションショー」に、母の手縫いのドレスを着て出場し、会場から拍手喝采を浴び、全国作文コンクールで最優秀賞をもらって「将来は作家になれる」と、先生たちから褒めそやされ、どこへ行っても、のべつ幕なしに「かわいい、かわいい」と、ちやほやちやほやされ、勉強机の上やベッドのそばには、可愛らしい人形やぬいぐるみを何体も並べて、しかし机の引き出しをあけるとそこには、流行作家の著したポルノ小説まがいの長編小説の文庫本（両親どちらの好みなのか、知る由もありません）が押し込まれていたりしていたものです。

いい子はうまく、やりおおせていました。

しかし、ああ、中学校！

わたしは、そこで、人気者になりかけていたのです。

大人たちからは「美少女」と言われ（わたしはそうは思っていませんでした。念のために書き添えておきますと、わたしは自分の顔については可もなく不可もなくであったと思っています。のちに、好きになった男から褒められたときだけは、可であり、幸運であると思いましたけれど）成績も極めて優秀で、スポーツもそつなくこなし、明るくて、親切で、いつもにこにこ可愛い女の子、ですから、人気者になるのは至極当然のことだったのでしょう。望んでもいないのに学級委員に選ばれたり、文芸クラブの部長に推挙されたり、クラスで演劇をやることになれば、満場一致で主役を振り当てられたりするようになっていました。わたしにとっては、針の筵です。

他人から「人気を得る」という状態もまた、わたしをきりもなく、怯えさせました。ほとんど完璧なまでに周囲をだまして、そうしてある日、ある全知全能の者にそれを見破られ、木っ端みじんに打ち砕かれ、死にたくなるほどの赤恥をかかされる、それが「人気を得る」という状態と言葉に与えた、わたしの定義でした。「こいつは大嘘つきだ」「こいつはとんだ食わせ者だ」「こいつの正体は、狐の化け物だ」と、ついに暴かれた日には、わたしはクラスのみんなから、どんな怒りを、どんな嘲笑を、どんな復讐を受けるのだろう、そう思うと、恐ろしくて、恐ろしくて、居ても立ってもいられないような、身の毛もよだつような心地になるのでした。

そこでわたしが考え出したのは、変身でした。

変身。姿形を変えること。つまり「醜い女の子」になること。

見た目が美しいから、人気の対象になるのです。

醜い女の子になれば、どんなに成績が優秀で、どんなに運動が上手にできても、たとえ少しは尊敬されたとしても、人気は得られません。勉強家、努力家、まじめ、スポーツ万能、性格がいい、男の子であれば、これだけでじゅうぶん、人気者になれます。いえ、これらが揃っていなくても、なれることもあるでしょう。ふまじめ、不良、性格が悪い、それでもスポーツだけが抜群にできれば、男の子なら人気者になれます。けれども女の子の場合、それだけでは足りないのです。そこに「可愛い」「きれい」「美しい」が加わらなければ。

幸か不幸か（言うまでもなく、幸でしょう）わたしは、中一の二学期の半ばあたりから、視力ががくんと落ちて、眼鏡を掛けなくてはならなくなりました。しかも、その眼鏡と来たら、分厚いレンズにぐるぐる渦が巻いている、非常に度の強いものなのです。眼鏡を掛けると、くっきりしていた二重まぶたも、愁いを含んだ瞳も、長いまつ毛も、何もかもが一緒くたになって、文字通り渦巻きのようになり、まるで、どたばた喜劇に出てくる、間の抜けたおばさんみたいな顔つきになりました。

みにくいあひるの子の誕生です。

母は嘆きました。

「きっと、本の読み過ぎが祟ったのね」

「これじゃあ、葉ちゃんの美貌が台なしだわ」

しかし、まだ十代の女の子が目にコンタクトレンズを、つまり異物を入れるのはよろしくないと、両親は考えていたようでした。

「まあ、眼鏡を掛けるのは、授業中だけだから、いいよね」

「それにしても、なんて度の強い。見てるだけで、頭がくらくらするわ」

ぶつぶつ言っている母のそばで、わたしは、鏡に映っている自分の滑稽な顔を見ながら、深い満足感に浸っていました。外すもんか、と、思っていました。一生、外してやるものかと(外さないことで、母に復讐ができたかのような、奇妙な達成感を得ていたのでしょう)。この決意はいずれ、脆くも崩れ去ることになるとも知らず。

可愛い女の子は、不細工な女の子になりました。

渦巻き眼鏡を掛けたとたんに、世の中は明るくなりました。思った通りの結果が出たのです。わたしはふたたび、世間を欺くことに成功したのです。そうしてわたしは、不安と恐怖から解放されました。教室へ行って、いちばん前の席に着き（度の強い眼鏡を掛けていてもなお、いちばん前の席じゃないと、板書が見えにくかったのです）背後に控えているクラスメイトたちの大半は、わたしには注目していないし、わたしはもう尊敬も、賞賛もされなくなったのだと思うと、水を得た魚になったような気分でした。

この世は俄然、生きやすくなりました。美貌を捨てただけで、女の子は女であることから、逃れられるのだと悟りました（あまりにも浅薄な悟りではありましたけれど）。

この快適さをできるだけ長く保持するために、わたしは、できるだけたくさん、体に悪い食べ物を食べて、ぶくぶく太るようにしました。痩せるのは難しく、太るのは簡単です。食後にケーキやシュークリームをぱくぱく食べ、真夜中にポテトチップスやクッキーをばりばり齧りながら本を読んでいれば、お腹や頬っぺたは、あっというまにまん丸になります。

いよいよわたしに、誰も目を向けなくなりました。

分厚い眼鏡を掛けて、暗い、暗い、暗い心でわたしは、百万個の蛍光灯の光に照らし出されているような、不自然に明るい世の中を見つめていました。日本で初の心臓移植に挑んだ十八歳の青年は、手術から二ヶ月あまりのちに死亡し、日本各地の大学では学園紛争が激化し、バリケードで封鎖された東大の安田講堂が炎上し、落城し、アメリカではヴェトナム戦争に反対する大規模なデモが勃発し、月面にはアメリカの打ち上げたロケットが着陸し、美しい衛星に醜い人類の足跡を刻みつけたりしていました。三島由紀夫が自衛隊に乱入してクーデターを試みようとしたのは、わたしが中三のときだったと記憶しています。現場で刀で腹を切り、仲間に首を刎ねてもらって亡くなった作家の、数多の文庫本が血の色をしたジャケットに包まれて、わたしの行きつけの書店の店頭を赤く、紅く、朱く、染め上げていました。

醜い女の子の目を通して世界を見ると、それまでは見えていなかったことが色々と、見えてくるものです。

たとえば、いかにも清らかで、純情そうに見える女の子たちが授業中、先生の目を盗んで、いかがわしい雑誌を回し読みしていること。たとえば、いかにも誠実で、清廉潔白そうに見える女の子がテストの答え合わせをしているとき、自分の書き込んだ間違った答えを消しゴムで消して、正しく書き直してから、そこに丸を付けていること。また、たとえば、体育の授業に出る前に、ロッカー室で着替えをしていると、頼んでもいないのにある女の子は、

「ねえ、秋山《あきやま》さん、私たち、大人になったらここに、男の人のあれを入れられるんだよ。知ってた?」

と、教えてくれました（そんなことくらい、知っていました）。あたかもその子によって、わたしはわたしの性器が汚《けが》されたような気がしたものです。

月に一度、股間から赤い血をだらだら流しながら（彼女の体臭によって、そのことがわかるのです）何食わぬ顔をして教壇に立ち、澄んだ声で教科書を朗読する若い女性教師。男子生徒の人気を一身に集めていた彼女が体育館の裏にある林の中で、禿げ頭の教頭先生に抱かれている半裸の姿を、わたしは何度、目にしたことでしょう。

学校や教室だけではありません。家に戻れば、それまでは居間で、にこやかに会話を交わしていた来客が玄関のドアを閉めて去っていった瞬間から、その人の悪口を言い立てる母がいます。来客も女なら、母も女です。「研修旅行」に出かける父を笑顔で見送り、よその女の指紋をべたべた付けて戻ってくる父を、物欲しげな顔をして迎える母。

この際、男はどうでもよかったのです。男の子はわたしにとって、ほとんど眼中にない存在でした。害のない存在、と言ってもいいでしょうか。むろん、当時はそのように思えていただけであった、ということなのですけれど。男子は総じて暴力的で、健康で、単純で、くみしやすい存在であるように思えていました。だから、あんな卑猥な女性教師に、いとも簡単に吸い寄せられてしまうのだ、と。

わたしの目はいつも、いつも、女に向けられていました。この、不可解で油断のならぬ生きもの。怖いもの見たさ、だったのかもしれません。見てはいけないものだからこそ、見たくなる、見てしまう、という心理でしょうか。あるいは、わたしは自分を見、自分の正体を暴きたかったのかもしれません。

可愛い顔（かつてのわたしのような）をして、弱い者をいじめる女の子。仲のいいはずの友だちの上履きを隠す女の子。平和の象徴である鳩は、ひどく残忍な性質を持っていると言われています。わたしの目には、女の子たちが鳩に見えていました。弱い仲間を、ときには親しい仲間を、忙しなく突つき回す鳩たち。きのうまでは仲が良かったはずなのに、きょうからは敵同士になる女の子たち。

しかし、こんなのは、ほんのささやかな一例に過ぎません。

分厚い眼鏡のレンズを通して見えてきたものは、ささやかな出来事が幾重にも積み重なってでき上がった、決して崩れることのない、頑丈な層のようなものでした。

女性不信。

仮にそう名づけておきましょうか。

いいえ、いっそ、人間不信、と書いておきましょうか。

人間には、裏がある、そんな、わかり切ったことを、わたしは言いたいわけではありません。だって、ほかならぬこのわたしにも、裏があるわけです。裏のない人など、この世にはひとりもいないでしょう。一枚の紙にだって裏はあるのだし、神にだって、裏はあるのです。ならば、わたしの言わんとする「不信」とはなんでしょう。

言ってしまえば人間とは、たったひとりの例外もなく、互いにあざむき合って、生きているのではないかということです。父と母もしかり。教師と生徒もしかり。友だち同士もしかり。しかも、互いにあざむき合っていながらも、不思議に誰にもなんの傷も付かず、あるいはそもそも、あざむき合っているということに気づきさえしていない、それこそ、実に明朗で快活であざやかなあざむき合い、とでも言えるような「不信」がこの世には充満している、ということです。あざむき合いながら、清く正しく明るく、朗らかに正直に誠実に、自信を持って生きている人間たちを、わたしは信じることができない、わたしは嫌悪する、と、こう言いたいのです。

これは、長じたわたしが勤めていた職場で体験したことですけれど、ある男性社員は転職後、その会社が多少は有名であるという理由により、自分もたいそう有名になったような不遜な態度を取り始めて、わたしを笑わせてくれたものです。また、ある女性社員は、それまで抱えていた複数の仕事を途中で投げ出すような格好で、わたしにも会社にも甚大な迷惑をかけて転職し、なおかつ「学生時代からのあこがれの会社に引き抜かれたの」と言って、わたしを鼻白ませてくれたものです。「あこがれ」という言葉をこのような局面で平気で口にする女に、どんないい仕事ができましょう。

人間不信ゆえに、わたしは人間嫌いになりました。

人間嫌いは、孤独です。孤独を愛します。

しかし悲しいかな、どんなに孤独を愛していても、人間は（特に子どもは）ひとりでは生きていけないのです。家族がいやなのに、吐き気がしそうなほどいやな家族といっしょに生きていくしかないのです。先生や友だちを信じることができないのに、学校へ行って、朗らかにしゃべったり、笑ったり、しなくてはならないのです。

可愛い女の子になっても、醜い女の子になっても、わたしの苦しみは根源のところでは消えることなく、執拗に、わたしの首を絞め上げていました。

苦しい、寂しい、虚しい、情けない、みじめだ、侘しい、そういった感情の中で、もっとも厄介なのは「寂しい」でした。

その頃、夕暮れ時になると、わたしの胸は、まるで錐か何かで突かれているように痛くなったものです。錐で突かれたあとには、なぜか、大きな穴がぽっかりと、あいていました。穴から、冷たい風が吹き込んできます。するともう、寂しくて、寂しくて、わたしは声を上げてわんわん、泣きたくなるのです。

なぜ、こんなにも寂しいのでしょうか。

心はひとりでいたいのに、体は誰かを求めている、要は、雌としての体が雄の体を欲している、ということだったのでしょうか。仮定もしたくないし、こんな分析が正しいわけはないと、激しく首を振りたくもなりますけれど、この空洞は、男によってしか、埋めることはできないと、わたしは十五歳にして、覚《さと》ってしまっていたのでしょう。

そうして、その、誰にも訴えることのできない寂しさ、わたしの体の放つ孤独の匂いが多くの男性に、彼らの本能とでも言うべきものによって嗅ぎ当てられ、後年さまざまな形でわたしが付け入られる、誘因のひとつになったような気もするのです。

つまり、わたしは、ある種の男性にとって、守ってやらねばならない、守る代わりにその代償として自分の思い通りにできる、あわよくば自分好みの女に仕立てあげることのできる、格好の玩具であったというわけなのでした。

第二の手記

丘の、頂上、と言ってもいいくらいに地上から程高い斜面に、くすんだ灰色の建物の、大きいのやら小さいのやら、古いのやら新しいのやらが段々畑さながらに立ち並び、校舎と校舎をつないでいる通路の脇には、片側に桜の木が、もう一方の側には銀杏の木が等間隔に何十本も植えられていて、新学年が始まる頃にはおびただしい桜吹雪が舞い、秋の体育祭・文化祭が終わる頃にはおびただしい銀杏の落ち葉が散り、放課後になると、生徒たちにはそれらを掻き集めて所定の場所まで運ぶ「クリーン奉仕活動」なる重労働が課せられていて、作業中、ぶうぶう文句を言わない者はいなかったはずなのに、卒業生の文集をひもとけば「春には桜が咲き、秋には銀杏が舞う、美しい校庭が好きだった」「私たちの青春時代、ともに泣きともに笑ってくれた、さくらの木といちょうの木」などと、おセンチなことが書かれている、県内ではトップクラスの、東大・京大・阪大への合格率を毎年、全国レベルで競う屈指の進学校であった県立高校に、わたしは必死の受験勉強の末に合格し、入学することができました。そうして、その高校の女子生徒の制服の胸とリボンには桜の花が、男子生徒の制帽とボタンには銀杏の葉がデザインされていました。

その高校へ入るために、中三になってからのわたしは、至福の時間であった夜の読書もお預けにして、耳の穴にイヤフォンを詰め込み、ラジオの深夜放送を聴きながら、ひたすら受験勉強に励みました。

国語、英語、社会科など、文科系の学科にはまあまあ自信があったものの、わたしは数学がからきし駄目で、数学以外の理科系も不得手でした。わたしはすべてを暗記で乗り越えようとしました。ただひたすら覚える、ただひたすら記憶する、理解も思考も想像も放棄して、ただひたすらロボットのように、くり返しくり返し脳みそに刻みつけるようにして、公式や方程式や化学記号や年号などを覚え込んでいきました。ラジオの深夜放送は、機械的な暗記に役立ちました。自分の内面を見つめないで済むからです。食事中でも、通学路でも、暗記に努めていましたし、たとえば湯船に浸かっているときにも、ビニール袋に入れた単語帳を手にしていたほどです。

ひとつのことに、のめり込む性格。

どんな物事にも「これだ」と決めたら、とことん、のめり込む、行けるところまで、行ってしまう、果てまで行ってしまったら、そこを越えて、さらにその先へ行く、果てのその先に、道があるのかどうか、あるのなら、そこを果てと定義することはできないわけですけれど、とりあえず、果てから、さらなる果てへと向かっていくわけです。無限の果てへ向かって、突き進んでいくわけです。自分でも止めることができませんし、他人にも止めることはできません。

性格と言うよりは、性癖と言うべきでしょうか。この、のめり込む性癖もまた、のちのわたしの「恥の多い生涯」を形成する、切っても切れない縦糸か横糸であったと思います。

なぜ、そこまでして、わたしはその県立高校に入りたかったのでしょうか。

それは、両親の薦める（担任の先生からも、強く薦められました）音楽系の私立女子高校へ進みたくなかったからです。女子高校とは、女子生徒だけが通う学校です。そうでなくても、女子を恐れているわたしがそんなところへ、行きたいはずはありません。

「あそこなら、エスカレーター式で大学まで行けるでしょ。葉ちゃんには、大学受験の苦労を味わわせたくないの。学費は少々お高いけど、私、内職をして、家計を支えるわ」

「そうだな、あそこを出ておけば、卒業後はピアノの教師とか、音楽の先生とかになれるだろうし。葉湖にはぴったりだと思うよ」

「そうね、ピアノの先生なら、結婚しても、子どもを産んでもつづけられるわね」

おそらくそれは、母の成し得なかった夢でもあったのでしょう。あるいはそれは、父の理想とする女性像でもあったのでしょう。

とんでもないことです。わたしがなぜ、母の夢を代わりに実現しなくてはならないのか、父の理想の女性にならなくてはならないのか、それに、わたしは、親に習わせてもらっているピアノが好きなふりをしているだけで、本当はピアノなんて、好きでもなんでもありません。指を動かす練習のための教本『ハノン』なんて、退屈なだけです。当時のわたしにとっては、クラシック音楽とはすなわち、西洋の死んだ白人男性の作った、古くさくて、いかめしい、杓子定規な音楽でしかなかったし、将来、ピアノの教師になるなんて、仮定すらしたくありません。そもそも「教師」とか「先生」とか、誰かに何かを教えるという仕事ほど、胡散臭いものはないと思っていましたし、わたしのなりたいものは、ほかにあったのです。

「葉ちゃんは将来、何になりたいの?」

しかし、それについては、口が裂けても両親には言えません。言えば、頭から湯気を出してふたりが反対するのは、火を見るより明らかでした。

私立女子高校の入試の日、わたしは答案用紙にわざと間違った答えを書いて、不合格になるようにしました。そうして、県立高校の入試当日、問題用紙が配られる寸前まで、がむしゃらに暗記をつづけて、合格を勝ち取ったのです。

両親はさかんに不思議がっていました。

「きっと、当日、風邪気味だったせいね。熱もあったものね」

「落ちるはずのない方に落ちて、受かるはずのない方に受かるなんてな」

「でも、まあ、いいじゃないの、県内でトップの高校なんだもの、鼻が高いわ」

「そうだな、それなら大学は東大か京大だな」

まったく、わたしの合格よりもお目出度いのは、このふたりでした。

こうして、わたしは「女の園」（実際に、人々からそのように言われていましたし、その高校出身の女の子は、嫁の貰い手が多いと評判でした）ではなくて「自由・自律・平等」を教育方針にしている、男女共学の高校の生徒になったのです。

ここでわたしは、恥ずかしい告白をひとつ、しておかねばなるまいと思います。

桜と銀杏で知られる県内屈指の名門進学校に是が非でも入りたかった理由について、先にわたしは「親の薦める（喜ぶ）女子校へ行きたくなかったから」と、書きました。女子を恐れているから、教師という職業がいやだから、ピアノの教師なんぞになって、親を喜ばせたくないし、母親の夢を実現したくもない、とも書きました。

ならばなぜ、わたしはその女子校よりももっと簡単に入れる、レベルの低い高校の普通科を受験しなかったのでしょうか。富士山などと違って、誰からも注目されていない、山であるとも認識されていない、名前すらない、あるのかないのかわからないような低い山に、なぜ登らず、苦労して、富士山を目指したのでしょうか。

わたしはわたしを笑いたくなります。自意識。プライド。自己顕示欲。そのようなものと、目立たない存在でいたいわたしとは無縁であったはずなのに、まるで急須の底にこびり付いている茶渋のような、みみっちい自意識を、わたしは後生大事に抱えていたのです。

つまりわたしは、今は目立たない存在に甘んじていても、いつか世間をあっと言わせるほどの「何者か」になってやると思っていたのでしょう（認めたくないことではありますけれど、認めておかねばなるまいと思います）。

この、わたしの抱えている矛盾、いわば、完璧にコントロールしていたつもりの世界のほころびは、その「何者か」が具体的に姿を現してからは、いっそう切実なものになっていくわけですけれど、それはまた後年の話になります。

高校生になったわたしの女性不信、人間不信、人間嫌い、家族嫌い、それゆえの孤独癖は、それは以前に勝るとも劣らぬくらい烈しく胸の底で蠕動していましたけれど、しかし、演技は実に板に付いてきて、教室にあっては、わたしはまったく目立たない存在で、壁の花で、鳴かず飛ばずで、その他大勢のひとりに過ぎず、どこにいても、何をしていても、匿名性を保つことに成功していました。相変わらず、渦巻き眼鏡を掛けていましたし、太り過ぎには気をつけながらも、ぽっちゃりした体型の維持に努めていました。

もはや、自分の正体を完全に隠蔽し得たのではあるまいか、と、ほっとしかけた矢先に、わたしは実に意外にも背後からぐさりと突き刺されました。それをやってのけたのは、背後から突き刺す人間の御多分に洩れず、クラスで最も性格が陰険で、成績も悪く、無口で、嫌われ者で、何をやらせてもへまばかりやっていて、愚図でのろまで、瞳の色と髪の毛の色と肌の色が薄いことと、おそらく、知能が低くて「うすのろである」という皮肉をこめて、女子生徒たちから「うす子」というあだ名で呼ばれていた女の子でした。

うす子の父親は、県の教育委員会のお偉いさんだから、コネを使ってこの高校に入学することができたのだ、という噂がまことしやかに囁かれていました。もちろん、女子生徒たちのあいだで、ということです。弱い者をいじめる残忍な鳩たちは、ここでも健在でした。男子には、わりあい好かれていたように思います。そのことがまた、女子生徒たちを立腹させていたのでしょう。そのようなわけで、さすがのわたしも、うす子（本当の名前は、百合絵《ゆりえ》でした。姓は思い出せません）だけは特別扱いにしていて、彼女のことを警戒する必要は認めていなかったのでした。

その日、体育の時間に、百合絵は体調が優れないという理由で、見学をしていました。これはよくあることで、教師も、鈍な百合絵がいると指導がしにくいせいか、彼女の見学は進んで許していたように思います。男女平等を謳っていた高校でしたけれど、体育の授業は別々におこなわれており、その日は、女子はバレーボール、男子は講堂で剣道か柔道の授業を受けていました。

教師がネットの近くで上げるトスを、順番に、コートの端から駆け込んでいって、アタックする練習をしていたときのことです。

わたしはいつものように、少しだけテンポをずらして、アタックが完璧にうまく行かなくなるよう、手加減をしました。つまり、わざと遅れて走り始めた、ということです。でもそれは、ほんのわずかなタイミングのずれです。

案の定というか、目論んだ通りにというか、わたしの打ったアタックはネットの上部をかすってしまい「ごく普通に」失敗した、という風になりました。いい感じです。これでいいのです。見事なアタックを決めて、賞賛を浴び、目立ってはならないし「秋山さんはアタックがうまい」と、教師から褒められるようなことがあってはならないのです。

「じゃあ、お手本として、みんなの前でやってもらいましょうか」

なんて、教師に言われたら、バレーボール部のキャプテンから睨まれます。あるいは、入部の勧誘をされるかもしれません。そんなことになれば、わたしが努力して築き上げてきた世界は、がらがらと音を立てて崩れてしまいます。いかにも女の子が好みそうなピアノ教室と同じくらい、女子スポーツクラブほど疎ましいものはありません。わたしが入っていたのは、みんなでいっしょに何かをやらなくて済む、共同作業が最も少ないと思われた文芸部でした。

無事、体育の授業が終わり、みんなといっしょにぞろぞろ、更衣室に向かっているときでした。いつのまにかわたしのすぐうしろを歩いていた、百合絵がわたしの背中をそっと突ついて振り向かせると、ぼそっと、つぶやくような口調で囁いたのです。

「ワザト、でしょ?」

一瞬、なんのことかと思いましたけれど、それは一瞬のことで、次の瞬間、わたしは震撼しました。わたしがきょうも、いつも、いつでも、何度でも、わざと失敗していたのだということを、人もあろうに、うすのろな百合絵に見破られるとは、まったく思いもかけないことでした。わたしは、平和な世界が一瞬にして、地獄の業火に包まれて燃え上がるのを眼前に見たような心地になって、うわあっ！　と叫びそうになるのを必死の力で抑えました。

何か答えなくてはならない、言い返さなくてはならない、きちんと釈明しておかねば、と、思ったときには百合絵の姿はもう、視界から消え去っていました。

それからの日々の、わたしの不安と恐怖。

表面的には相変わらず「目立たない存在」を演じつづけていましたけれど、時折ふっと重苦しいため息がもれて、すでにわたしの正体は百合絵には見破られており、そのうち彼女は誰彼となく、言いふらして歩くに違いないのだ、と思うと、脇の下にじっとりと脂汗が滲んできて、鼓動が激しくなってきて、訳もなく、あたりをきょろきょろ見回してみたりしました。あたかも、猛獣に狙われている獲物さながらに。

なんとかしなくてはならない、できることなら、朝、昼、晩、四六時中、百合絵のそばから離れず、彼女がわたしの秘密を口走らないように監視していたい、そうして、わたしが彼女にまとわりついているあいだに、わたしの「ワザト」は実はわざとではなくて、本物であったと、彼女に思い込ませるためのあらゆる努力をし、あわよくば、彼女と無二の親友になってしまい、永久に秘密を隠蔽したいものだ、もし、それらがみな、不可能なら、もはや、彼女の死を祈るしか道はない、とさえ思い詰めました。

わたしは、百合絵を手なずけるために、とりあえず、顔に天使のような優しい微笑をたたえて、さざ波のようにひたひたと近づいていきました。休憩時間や、昼休みや、放課後などに、なんらかの理由をでっち上げては、猫なで声で話しかけてみました。

「ねえ、国語の宿題、やってきた?」

「作文には、どんなことを書いたの?」

「わたしもきょう、体育は見学するつもりなの」

クラスの中には、百合絵と仲良くしようと思っている生徒など、ひとりもいませんし、当然のことながら、声をかける者などいません。教師も例外ではありませんでした。教室の中で順番に発言をさせているときなど、意地の悪い女性教師は律儀に百合絵を飛ばして、指名していたものです。そんなありさまだったから、でしょうか。百合絵は最初、びっくりしたような顔つきで、わたしをまじまじと見つめていました。二度目、三度目には、ほんの少しばかり心を動かされた、といった表情にもなっていました。

けれども、その後の反応は、それ以上でも以下でもありませんでした。「顔色が悪いけど、大丈夫?」「いっしょにお弁当を食べない?」「いっしょに帰らない?」「今度の席替えで、近くになれたらいいね」など、その後かけたどんな言葉に対しても、百合絵はうつむいて、じっと黙っているだけでした。ただ、拒否しているようにも、いやがっているようにも見えなかったので、わたしは内心いらいらしながらも、むなしい努力を重ねつづけていました。

そんなある日のことです。

確か、高二の夏休みが始まったばかりの土曜の午後でした。

ひとりで県立図書館に出向いて、本を読んだり、返したり借りたりしたその帰り道、わたしはバス停でぽつねんと、なかなか来ないバスを待っていました。突然、激しい夕立が降り始めて、傘を持っていなかったわたしはたちまち、ずぶ濡れになってしまいました。そのバス停には、雨よけのようなものはなく、近くにも、雨宿りのできるような建物は何もなかったのです。

濡れ鼠になりながら、バス停に立っていたとき、わたしがぼーっと考えていたのは、二ヶ月ほど前、五月の終わりに起こった空港乱射事件について、でした。日本人学生運動家が三人、イスラエルのテルアビブ空港で自動小銃を乱射し、確か二十六人の旅行者を殺害した事件です。その犯人のひとりがたまたま同じ高校の卒業生だったことから、事件後の朝、わたしたち生徒全員は運動場に集まって、校長先生からの特別訓辞を聞きました。そのとき、校長先生はこう言ったのです。「彼はとても頭のいい、読書家で努力家の生徒だった。人柄も申し分なくよかった。大学時代には貧しい家庭の子どもたちの面倒も見ていた。罪を憎んで人を憎まず、ということわざがあるように、彼のやった行為は決して許されないことだが、彼の思想を憎んではならない」と。許されない行為、つまり大量殺人と、それをおこなった人間の思想。前者は憎むべきものだけれど、後者はそうではない、ということについて、わたしはぼーっと考えていたのです。行為と思想。それらは一致している必要はなく、相反していてもいいのか、と。うまく言えませんけれど、なんとはなしに、校長先生の言葉が今の自分を全面的に肯定してくれているような、摩訶不思議な安堵感に包まれていたように思います。

と、そのとき、うしろからすっと、傘が差しかけられました。傘の模様は大輪の牡丹でした。百合絵でした。顔を見る前から、百合絵だとわかっていました。独特な、強い、彼女の体臭によって。

驚いたことに、彼女はにっこり笑って、こう言うではありませんか。

「さっき、図書館で見つけてたの。声をかけようか、どうしようか、迷ったんだけど」

百合絵の口から、そんなにもまとまった言葉が出てきたのは、あるいは、わたしが彼女のまとまった言葉を耳にしたのは、このときが初めてでした。そうか、しゃべろうと思えばちゃんとしゃべれるんだ、そんなことを思った記憶があります。

このチャンスを逃してはならない、と、わたしは気持ちを引き締めました。

「ありがとう。バスが来るまで、ここにいてくれる？　もうすぐ来るはずだから」

百合絵の住んでいる家は市内にあって、図書館からは歩いて帰れます。生徒名簿に出ていた住所によって、わたしはそのことを知っていました。わたしの家までは、バスに乗って三十分以上かかります。

百合絵は、わたしの問いかけには答えず、代わりにこんなことを言うではありませんか。今までに見せたことのない、人なつこい笑みを浮かべて。

「ねえ、秋山さん、今から、うちに来ない？　今、うちには誰もいないの。濡れた服や髪を乾かせばいいよ。そうしないと、風邪を引くよ」

甘い声でした。甘い表情でした。びっくりしました。

けれども、こんな言い方が許されるならば、びっくりしながらもわたしは、驚いてはいませんでした。つまり、こんなことが起こるのではないかと、心のどこかで予想していたことが予想通りに起こった、そのことにはびっくりしている、しかし、驚いてはいない、なぜならこれは、きょうまでずっと、心のどこかで予想してきたことだったから。

いったいどうして、わたしは、このようなことを予想していたのでしょう。それについては、よくわかりません。無意識の領域でこうなることを望んでいたから、意識としては予想していたことになる、とでも書けば、理に適っているでしょうか。

こうなることを、望んで、いた？

ひとつの傘から、外に突き出している、二本の両腕。わたしの右腕と、百合絵の左腕が均等に濡れて、それぞれのブラウスとシャツの袖が肩にべったり張り付いて、百合絵の履いていた靴の色が水色から青に、わたしのが白から灰色に変わった頃、百合絵の家に着きました。歩いて五分もかからなかったはずなのに、わたしには、一時間にも、二時間にも感じられました。遠いところまで来たな、というような思いです。

いいえ、それは、あとから思えばそうだった、ということです。

今にして思えばあの五分は、たとえば、この世とあの世のあいだに架かっている橋のようなものだったのだと思います。渡ればもう、もといた場所には戻れない、帰り道のない、片道だけの架け橋。行きはよいよい、帰りはない、そういう橋。時間は五分でも、両者のあいだの距離は途方もなく隔たっているのです。そうしてそれは事実、その通りだったのでした。

「入って、入って、遠慮しないで。ちょっとそこで待ってて」

玄関のドアをあけると、百合絵はそう言って、ばたばたと奥へ姿を消すと、すぐに、バスタオルを手にして戻ってきて、わたしの頭の上から、ばさっとかぶせるようにして、投げて寄こしました。まるで毛布かと思えるような大きな、ふかふかのバスタオル。受け取って、わたしは濡れた頭や衣服や手足を拭きました。拭きながらわたしは、百合絵の家の外観を目にしたときから思っていたことを、再確認していたのです。

百合絵は、大金持ちのおうちの、お嬢様だったのだ、と。

大金持ちと言っても、並みの大金持ちではないのです。おうちというよりも、これは御殿です。

「あ、ソックスは、そこで脱いだ方がいいね。シャツもそのへんに掛けておいて。帰る頃には、乾いてるでしょ」

言われた通りにしました。

上がり口には、来客専用のクローゼットまで付いています。クローゼットのドアノブにも、ハンガーにも、金の縁取りがなされています。

何もかもがわたしの家とは大違いです。敷地の広さ、家の大きさ、部屋数の多さ（実際に数えなくてもわかります。数え切れないほど多いということくらい）家具や調度品などの贅沢さ、豪華さ、派手さ。インテリアや照明などの、いかにもお金のかかっていそうな、成金的な、悪趣味な感じ。おそらく、お手伝いさんに相当する人も住み込んでいたのではないでしょうか。家の中には、金持ち特有のだらしなさみたいなものが床から天井まで、層のように、積み重なっていました。

「あたしのお部屋は、二階にあるの。二階でいっしょにシャワーを浴びて、さっぱりしようね。それから、ケーキとお紅茶にしよう」

そうか、二階にもバスルームがあるのか、百合絵にとって紅茶は「お紅茶」なのか、と、おかしなところで感心していたわたしは、百合絵が「いっしょにシャワーを」と言った

「いっしょに」を聞き逃していたようです。いえ、聞こえていたのかもしれませんけれど、そこに含まれている特別な意味を聞き取ってはいなかった、ということです。

百合絵のうしろから、踊り場の付いている階段を上がっていきながら、階段の壁に点々と掛けられている絵に描かれているライオン、虎、豹などの猛獣を眺めるともなく眺めながら、わたしはぼんやりと「自分は、これから、猛獣の餌食になる草食動物なのかもしれない」と、思っていたような気がします。

いいえ、これも、あとで思い返してみれば、ということでしょう。階段を上がったあとに起こったことを、今のわたしはすでに知っているからこそ、こんなことが書けるのでしょう。

百合絵の勉強部屋（と呼んでいいのかどうか、わかりませんけれど）もまた、贅の限りを尽くした、という言葉がふさわしいような、まるでお城のお姫様の部屋のようでした。四畳半の子ども部屋に二段ベッドを置いて、小学生の弟とふたりで使っているわたしの部屋など、まさに物置部屋でしかありません。

天井からはシャンデリアがぶら下がっています。シャンデリアには羽根が付いていて、それらがくるくる回って、涼しい風を送ってきます。

「広いねぇ」

そんな言葉しか、出てきません。

部屋のまんなかで、啞然として突っ立っているわたしのそばまでやってくると、百合絵は言いました。弾んだ声でした。

「秋山さん、服、脱がしてあげる。はい、両手を上に上げて、ばんざーいってして」

え？　と、驚く隙も与えてくれません。

なんなの、これは？　と、疑う心の余地はくるくる巻き取られてしまい、わたしはまるで魔法にかかったかのように、言われた通りにしていました。

そう、言われた通りに、です。

これもまた、嫌いな人に嫌われたくないから、だったのでしょうか。断ると、相手に悪いから、相手の機嫌を損ねるから。抵抗よりも、従順？　わたしの正体を知っている百合絵に、それを暴露されるのが怖いから？　それを防止するために？

そうではありません。そうではなかったのです。そのときはもう、そんなことは、どうでもよくなっていました。自尊心も、羞恥心も、今、目の前で、というよりも、わたしの身を包んでいる皮膚の、外側と内側の両方で起こり始めていることを前にして雲散霧消し、わたしはただの木偶の坊に成り果てていたのです。しかも、みずから、進んで。

両手を上げてキャミソールを脱がされ、スカートをするすると下ろされ、ブラジャーのホックを外され、気がついたらわたしはパンティだけになって、百合絵の視線に晒されていました。

「ねえ、眼鏡を外してもいい？」

うなずくと、百合絵はそっと顔を近づけてきて、わたしの顔から眼鏡を外すと、丁寧に畳んで、近くにあったテーブルの上に置きました。それは心のこもった所作でした。それから、わたしの瞳をまっすぐに見つめて言うのです。

「きれいだねぇ、葉湖って、とってもきれい。きれいで、かわいい」

いつのまにか、わたしは秋山さんから「葉湖」になっています。

「めちゃくちゃにしたくなる。かわいいから。かわいがりたくなる。あのね、あたしには、わかってたんだよ。葉湖がかわいいってこと。本当は頭がすごくいいってこと。一生懸命、それを隠そうとしているってことも、何もかも、わかってたんだよ」

何か言わなくてはならないと思っているのですけれど、声が出ません。声が出せなくなるようなことを、百合絵の指が始めていたから。

掠れた声を振り絞るようにして、わたしは言いました。

「どう、して？　わかっ、てた、の？」

「どうしてって、そんなこと、葉湖がいちばんよく知ってるはずでしょ」

その言葉の意味は、皆目、わかりませんでした。今でもわかりません。無理矢理に邪推をすれば、百合絵は「あなたはいずれあたしにこういうことをされるとわかっていて、自分がそういう指向を持っている女だとわかっていて、要は、女から好かれて誘惑されたくったのでしょうか。

なくて、だから、醜い子のふりをしていたんでしょ」とでも、言いたかったのでしょうか。もしもそうであれば、それは正しくないし、しかし、事が始まってからはそれが真実になった、とも言えるでしょうか。

わたしの胸に触れながら、

「葉湖のここ、つんつんしてるね。ピンク色で、とってもきれい」

などと、楽しそうにつぶやきながら、百合絵は、泣きそうになっているわたしの顔を覗き込んでは、くすくす笑っています。

「あたしのことはね、百合絵って、呼んでいいよ、ね、呼んでみて、百合絵って」

「……ゆり、え？」

「ああ、もう、そんなんじゃだめだよ。もっと気分を出して呼ばなきゃ。もっと甘～い感じで言ってみて。ゆりえ、って」

百合絵の、滴るような甘いささやきを耳の穴から吹き込まれながら、わたしはまるで、自分がみみずになったような気分でいました。

軟体動物（みみずは、正しくは環形動物ですけれども）。

軟体動物には、感情とか、知能とか、理性とか、言葉とか、思考とか、そういうものはあるのでしょうか。おそらくないでしょう。ないのでしょうけれど、ないだけに、みみずは全身で、さまざまな刺激に反応するのではないでしょうか。すべてを受け止め、すべてを味わい、どんな細かい刺激も逃さずに、反応するのではないでしょうか。

百合絵といっしょにシャワールーム（バスタブと洋式のトイレ付きの、広くて明るい部屋）でシャワーを浴びて、出て、百合絵に体をすみずみまで拭いてもらって、わたしも拭いてあげて、全身の映る姿見の前に並んで立って、互いの体を見比べ合って、触り合って、くすくす笑って、キスし合って、目を閉じたり、あけたりしながら、舐め合い、こすり合い、広げたり、つまんだりしながら、ああ、みみずとは、なんて愚かで、なんて卑猥で、なんてややこしくて、なんてわずらわしくて、なんて気味の悪い生き物なんだろう、でも、もっと、もっとこのまま、みみずになったままでいたい、だって、こんなに気持ちがいいんだもの、みみずになるって、こんなにも素敵なことだったんだ、ゆりえ、ゆりえ、やめないで、もっとして、もっとたくさん、と、わたしは悶え、蠢《うごめ》いていました。

白鳥の形を模したウォーターベッドの上で、

「ゆりえ、ああ、もうだめ……」

思わず漏らした声に、百合絵の命令が突き刺さります。

「だめ、声を出しちゃだめって、言ったでしょ。葉湖はみみずなんだから、しゃべれないの。黙ってなきゃだめ。守れないんだったら、もうしてあげない」

「いや、して」

「してあげない」

「いや」

「いやだったら、いやなこと、もっとしてあげる」

きりのない愛撫ごっこに疲れたら、わたしたちはベッドの中で、裸のままグレープフルーツの食べさせっこをしたり、たばこを吸ったりしました。グレープフルーツはまだ、珍しい果物の一種だったし、たばこをくわえたのも、そのときが生まれて初めてでした。

吸い方は、百合絵が懇切丁寧に指導してくれました。

「そうじゃないよ、こうだよ。ほら、吸い込んだらね、いったん、煙を喉の奥で止めておくの。それから吐き出すんだよ、こうやって、一気に、ふーって」

その日、百合絵は、わたしの体に、いったい何をしたのでしょうか。

おそらく彼女は、何もしなかった、悪いことは何も、男がするようなことは何も。その後、交わった男たちがひとり残らずわたしにしたようなことは、何も。

わたしの体は彼女によって、損なわれることも、傷つくことも、ありませんでした。けれども、彼女はわたしの心に、いたずらをしたのです。それは、取り返しのつかない、致命的ないたずらでした。体はもとに戻っても、心はもとには戻らないのです。体は何度でも、もとに戻れるのです。何も知らない体に、戻ることができるのです。細胞ですから。細胞は、よみがえる、蘇生する、だからなんでも一から始めることができるのです。けれど、心はもとには戻れません。心は、細胞ではないのです。心はガラスです。うすいうすいうすい、ガラスの容れ物。割れたら、欠けたら、ひびが入ったら、もとには戻らない、みみずの喜びを知ってしまった心は、知らなかった心には、戻れないのです。

わたしはその日、一生に一度しか降りてこない跳ね橋を渡ってしまったのでした。

わたしを向こう岸に連れていった百合絵はその日、かわいそうなみみずへのご褒美として「予言」を与えてくれました。

ふたつの予言。

「ごめん、残念だけど、もうちょっとしたら、ママとパパが戻ってくるから、そろそろ」

ああ、ママとパパなんだなと思いました。お母ちゃんとお父ちゃんではないのです。

「お洋服を着ておかなくちゃ、ね」

そう言って、ベッドから上半身を起こした百合絵を、涙（もちろん、喜びの涙です）でうるんだ瞳で、なおも見つめつづけているわたしの頬の涙の跡を、指で優しく拭いながら、彼女は言ったのです。

「葉湖はそのうち、男を泣かす女になるよ」

男を泣かす、と、百合絵は確かに言いました。彼女には、その言葉の意味が本当にわかっていたのでしょうか。おそらく、テレビかラジオから流れてくる歌謡曲の歌詞を、わかったような気になって、大人ぶって、口にしたのではないかと思われます。たかが十七歳の、お尻に卵の殻をくっつけているような女子高校生に「男を泣かす女」とはどのような女なのか、わかっていたとは到底、思えません。

けれども、わたしには、わかっていました。

いいえ、たった今、わかったのだと思いました。幼い頃から読みふけってきた小説に、よく登場していた女。わたしはきっと、あのような女になるのだ、と。

わたしは将来、男に組み敷かれて、男の手によってみみずにされて、身をくねらせて喜んで泣くのだろうけれど、男は、そんなわたしをうまくつかみとれないから（だって、みみずですから）悔しがって泣く、地団駄を踏んで泣く、つまり、男を泣かす女とは、男を翻弄する女です。体で男を牛耳る女です。

そうして、その場で、わたしはそれらしいことを百合絵に話しました。本で読んだことがあるのと言って、幾分か、得意げな口調になっていたかもしれません。

すると、彼女は「うんうん」とうなずいたあと、こう言ったのです。

「葉湖には文才があるんだから、作家になれるよ。泣かした男の話を書けばいい」

これがふたつ目の予言です。

葉湖には文才がある、と、百合絵は言いました。

だから作家になれる？

荒唐無稽だと思いました。それは、また、しかし、実に、的を射た予言でもありました。

そうして、それはまた、わたしの胸を震わせるような予言でもありました。なぜなら作家とは、わたしがひそかに将来なりたいと思っていた職業だったからです。作家になれば、人との関わり合いを持たないでいられる、と、ひとりで部屋にこもってこつこつ文章を書いているだけで生きていける、と、幼稚な考え方しかできない十代のわたしは、そう思っていたのです。学校に提出する作文とは別個に、中学生の頃からわたしは、引き出しの奥に隠してあるノートに、それはもう「陰惨」としか言いようのない小説もどきを書き綴っていました。無論それらはすべて、名だたる男性作家たちの書いた作品の物真似に過ぎないものでしたけれど。

「どうして、そんなこと、思うの？」

その日、何度目かの「どうして？」に、返ってきた答えはこうでした。

「去年の文芸部の作品集に載ってたでしょ？　葉湖のあの作文を読んだから」

「あの作文？」

作文コンクールで優秀賞など取ってはならないと、さじ加減をして書いた文章です。テーマもありきたりなら、文章もありきたりで、平凡で、退屈で、愚にもつかないような作文。題名は「友情とは何か」だったか「平和とは何か」だったか、思い出せませんが「家族とは何か」でなかったことだけは、確かです。下手に書くのは、上手に書くよりも遥かに難しいのです。けれど、百合絵曰く文才のあったわたしは、下手に書くという創作くらい、やすやすとやってのけることができました。たとえば読書感想文であれば、最初から最後まであらすじだけを書き連ねておけばいいのです。しかも、できるだけ微に入り細に入り。

「あたしは、葉湖の書く文章が好きだなと思った」

好き、という言葉が出たのは、あとにも先にもそのときだけでした。もしかしたら百合絵は、わたしの文章ではなくて、わたしのことが「好き」だったのでしょうか。それは謎です。永遠の謎です。

「どうして？」

「毒があるから」

わたしはなぜか、ぶるるっと、乳房を震わせました。くしゃみをひとつ、しました。裸のままだったから、くしゃみが出たのだと思います。

「猛毒だね、あれは。大嘘つきの書いた傑作」

大嘘つき？

つまり百合絵は、わたしの正体を何もかも見抜いた上で、それでも「かわいがりたい」と、いえ、だからこそ「かわいがって、めちゃめちゃにしたい」と思っていた、ということでしょうか。永遠の謎です。

しかしそのとき、百合絵はわたしに、重大な贈り物を授けていたのです。「大嘘つきの書いた傑作」という言葉が発せられた瞬間、わたしの落ちゆく道が決定されていたのだと思います。もちろん、これもまた、あとあとになってから、そう悟ることになるわけですけれど、この瞬間こそが「何者か」がわたしの世界のほころびを、血だらけの頭の先でこじあけるようにして生まれ、弱々しい産声を上げた、その瞬間であったのでした。

ベッドからするりと抜け出した百合絵は、そのへんに散らばっていた衣服や下着をわたしにぽんぽん放り投げて寄越しながら、

「風邪引くよ。早く着て。つづきはまた今度ね。また悪いこと、いっぱいしようね、あ、悪いことじゃなくて、いいことかな。ふふふ」

いたずらっ子みたいに笑って見せました。

その、光り輝くような、美しい笑顔を見ながらわたしは「この笑顔を、わたしはあとで、何度も何度も、思い出すんだろうな」と思っていて、それは事実、その通りになりました。

部屋を出ていく前に、ふたりで手をつないで、窓から外の景色を眺めました。お屋敷の庭には樹木が鬱蒼と茂り、蟬の鳴き声が潮騒のように、寄せては返していました。

「雨も上がったみたい」

「葉湖、また遊びに来てね、きっと来るんだよ、約束だよ」

「うん、約束する」

小指をからめて、指切りをしました。

「またね、またね、嘘ついたら針千本のーます」

しかし、わたしたちのあいだに「また」は、やってきませんでした。

夏休みのあいだに、百合絵から電話がかかってくることはなく、わたしからかけることもなく（互いに、相手からかかってくるのを待っていたのかもしれません）夏休みが終わって、二学期が始まっても、百合絵は学校に姿を現しませんでした。

一家は外国へ引っ越していった、父親の事業が失敗して、多額の借金を抱えたまま、夜逃げをした、百合絵の難病の治療のために、東京へ出ていった、手術が失敗して、百合絵は植物状態になった、口さがない女たちが面白がって、言いたい放題を言っていました。たぶん、難病の治療のために、というのが正解だったのではないでしょうか。

どんな病気だったのか、知る由もありませんけれど、百合絵の、あの、透き通るような肌、そこから透けて見えていた青い血管は、明らかに、病的ではありました。そうして、あの夏の雨の午後、懸命にわたしの体をまさぐっていた百合絵の指には「生を貪りたい」という、哀切な願いのようなものがこもっていたように思えます。性ではありません。彼女が求めていたのは「生」だったのです。そういう意味でもあの日、わたしは空腹な猛獣の餌食となった、しかもみずから進んで、ということでしょう。

後年、なんらかの用事があって郷里へ戻り、たまたま、これまたなんらかの用事があって、百合絵の家の近辺を通りかかったとき、わたしはなつかしくなって、百合絵のお屋敷を探してみたことがあります。確か、このあたりにあったはずなのにと、訝しく思いながら、周辺をぐるぐる回ってみたのですけれど、どうしても見つかりません。別に、何がなんでも探し当てたいという願望があったわけでもないので、あきらめて、去りかけたときに、見つけました。

見つけたのは、空き地です。お屋敷は取り壊されて、そこには、土地だけが残されていました。それがなんとも不思議なことに、まさに猫の額ほどしかない、狭い、貧相な土地なのです。こんなに狭いところに、あんなにも大きなお屋敷が立っていたのか、と、驚きました。もしかしたら「大きなお屋敷」と思えていたのは、わたしの想像の世界であの出来事があまりにも大きく、膨らみ過ぎていたため、だったのかもしれません。

これも後年のこと。ある男がわたしの部屋を訪ねてきたときに、百合の花束を携えてきたことがありました。わたしは「百合が好き」などと、男に言った覚えもありません。男はただ、通りがかりの花屋で見つけて、深い考えもなく買ってきた、ということでしょう。まだ固いつぼみの状態だったので、どんな色の花が咲くのか、わかりませんでしたけれど、ありがたく受け取って、備前の花入れに飾り、ダイニングテーブルの上に置いておきました。

数日間、男が部屋にいるあいだには花開くこともなく、このまま枯れてしまうのかと思っていたら、男が去った翌日に、いっせいに「ぱかっ」と、音を立てたかのように威勢よく、開花しました。色はうす紅。白に淡い紅を滲ませたような、ちょっと不安定な色調です。しかしながら、花びらの大きさ、大胆さ、その咲きっぷりと来たら、ほかの花の追随を許さない女王様ぶりで、ぬっと突き出したおしべの先には、露の玉みたいなものがくっついていて、めしべから撒き散らされるオレンジ色の花粉を、ひと粒たりとも逃さず吸い寄せてやろうとしているかのようです。

百合というのは、こんなにも華やかな、絢爛《けんらん》豪華な花だったのか、と、目を瞠りました。そうして、じっと見つめていると、次第に怪しげな気分になってきます。アメリカの女性画家、ジョージア・オキーフの描いた、女性の性器を想わせる花の絵を彷彿させているのです。しかし、豪華で淫靡なのは、姿形だけではなかったのです。その晩、真夜中に、はっと目覚めたわたしは、思わず知らず胸に手を当てて「これはなんだろう？」と、首をかしげました。

これは、なんの匂い？　この強烈な匂いは？　噎せ返るような、この匂いは？

それは、咲き揃った百合の花が放っている香りでした。甘くて、濃くて、鼻が痺れそうな香り。媚びるような、からみついてくるような、しがみついてくるような、それはまさに、あの日、十七歳だった百合絵の体の奥から放たれていた、彼女の体臭、そのものでした。わたしはそれを、なつかしく、愛おしく、思い出しました。あれ以降、肌を重ねたどんな男よりも、百合絵のやり方は上手だった、そんなことを思いながら、深夜にわたしはひとり、ほくそ笑んでいたのでした。

閑話休題。

高三になったわたしは、ふたたび猛勉強に励みました。

大学受験です。両親は、地元の国立大学への進学を望んでいます。国立なら学費も安いし、自宅から通えるから、生活費も家賃もかからないし、教育学部に入って、将来は学校の先生になれるといいね、と、相も変わらず、判で押したようにくり返しています。

そうは問屋が卸しません。暗記は得意です。暗記に暗記を重ねて、わたしは、名の知れた私立大学に合格することができました。そう、このときも、また、わたしは「名の知れた大学」を選ぶのです。水垢のような自意識を、鼻で笑ってやりたくなります。郷里から出ていくためなら「どこの大学でもいい」とは、わたしには思えなかった、わたしはわたしを見限っているようで、その実、わたしがかわいくて仕方がなかった、ということでしょう。なんて、女女しい！（女が女に対して、女女しいと言っていいのかどうか、わかりませんけれど）

そしてもうひとつ、将来「何者か」になるためには、有名な大学を出ていなくてはならない、しかもその大学は、きわめて美しい町にあらねばならない、くすんだ地方都市ではいけない、と考えていました。

京都。

田舎者のわたしにとって、その地名は美しく、当時わたしの心酔していた作家の住んでいた町でもありました。『戦争を知らない子供たち』というベストセラー作品を書いた、北山修という作家です。この作家の名前もまた、わたしには美しく、気高く思えていました。美しい名前の作家の住んでいる、美しい名前の町、京都へ行きたい、京都に住みたい、京都で暮らせば、わたしも作家になれるような気がする、という、至極単純かつ馬鹿げた思考回路によって、わたしは京都の町にある私立大学を目指したのです。

そしてまた、事実、わたしにとって、大学で何を学ぶのかは、まったく問題ではなく、作家になりたいから文学部を目指そう、というような健全な意志など毛頭なく、そもそも大学で何かを学ぼう、という考えさえなかった、と書くのが正しいでしょう。どういう名前の大学を出たか、その名前は美しく、全国的に有名でなくてはならない、とだけ思っていました。超一流と言われるホテルで働いている従業員は、自分自身も超一流であると思い込んでいる、というような話をよく聞きますけれど、あれに似ているでしょうか。美しい町に住んで、美しい名前の大学の学生になれば、わたしも美しい作家になれるだろう、というわけです。わたしの定義では「美しい」という言葉には、常に「名声」がぴたりと、貼りついていなくてはなりませんでした。

「本番の予行演習だと思って受験してみる。受かっても、行かないから」

と、親をだましての受験でした。念には念を入れて、地元の国立大学の答案用紙は、白紙で出しておきました。

念には念を入れて、私立大学二校の四学部を受験しました。四学部を受けたのは、試験の日程が四日間、連続していたからです。英文学部、法学部、文学部、経済学部。合格したのは、第一志望の私立大学の法学部と、第二志望の私立大学の文学部でした。もしも学部を重要視するなら当然、第二志望の文学部へ進むべきでしょう。なぜなら、わたしは弁護士や裁判官や検事ではなくて、作家になりたかったのですから。

わたしは迷わず、第一志望の私立大学の法学部を選びました。名前もキャンパスも美しい大学でした。キャンパス内には、チャペルまであったのです。

男を泣かす女になるという予言と、作家になれるという予言と、このふたつの予言を百合絵によって額に刻印されて、わたしは単身、京都へ出ていきました。

自由。

わたしはついに、自由を勝ち取ったのです。

郷里からの自由。両親から、家族からの自由。嫌いな人たちからの自由。いやな女たちからの自由。いやな人間は、どこへ行ってもいるわけですけれど、解放感と開放感に浸っていたわたしは、すべての人たちから自由になったと、思い込んでいたわけです。

自由はいっとき、わたしを有頂天にさせました。糸の切れた凧のようなものです。地上で糸を引っ張る人間は、いません。空高く舞い上がろうと、くるくる舞おうと、流れ流れていこうと、凧には自由があります。どこへ行こうと、どこまで行こうと、凧の自由。

それは大間違いで、凧には本来、自由などありません。糸が切れたら、風が必要なのです。風がなければ、凧はただ地上に落ちて、無残にひしゃげるだけ、つぶれるだけです。糸が切れた凧には、糸の代わりに自分をコントロールしてくれる風が必要なのです。話の先を急げば、それが男であった、ということでしょう。

凧の自由は、寂しい自由でした。

凧の自由は、侘しい自由でした。

たとえて言うなら、西日しか当たらない四畳半ひとまのアパートの、雨樋から氷柱が剣のように垂れ下がっている窓辺で、チェット・ベイカーの演奏と歌が実際に流れているわけでもないのに、どこからともなく、か細い糸のような曲が聴こえてくる、というような寂しさであり、侘しさです。そうです。男たちに、男の本能とでも言うべきものによって嗅ぎ当てられ、さまざまな形でわたしが付け入られる誘因のひとつになる、頑強なまでの寂しさ。そのような寂しさによって、凧は破滅する運命にありました。

そんなことも露知らず、凧の短い自由を謳歌していたわたしは、眼鏡をかなぐり捨て、貯金をはたいてコンタクトレンズを買い、化粧の仕方を覚え、口紅を塗り、ダイエットに励み、美しい（普通の、と書くべきかもしれません）容姿を取り戻しました。

もう、涙ぐましい演技をする必要などありません。学生運動の余波《なごり》をかすかに（文字通り、滓のように）残していた大学のキャンパスには、小・中・高校にはなかった、自由な空気がありました。自由とはすなわち、いい加減、ということでもあったわけですけれど。毎日、同じ教室で、同じクラスメイトと、同じ授業を受ける必要はありません。言いかえると、授業に出席しようが欠席しようが個人の勝手だし、誰からも咎められることはない、ということ。それに、その大学のキャンパス内には、地方出身のわたしなど、道ばたの雑草に過ぎないと言ってもいいほど、華やかで、きれいで、薔薇のような、揚羽蝶のような女子学生たちがわんさといました。だから、わたしはもう、目立たないように振る舞う必要などなかったのです。

国立大学にわざと落ちたとき、わたしは、嘆き悲しんでいる両親を説得するために、

「学費だけを払ってくれたら、家賃と生活費は、自分でアルバイトをして稼ぐから」

と、提案しました。

「だから、行かせて」

と泣いて（もちろん嘘泣きです）懇願し、強引に自立をもぎ取りました。

弟が私立中学に合格したこともあって、我が家の家計はじわじわと逼迫していきそうだったのです。ゆえに、経済的なことはきちんと自分で始末をつけなくてはならない、と考えていました。しかしながらそれは、両親に対して済まないというような殊勝な思いから発生したものではなく、ましてや責任感からでもなく、弟への愛情は幾ばくかはあったにしても、その大半は、これ以上、親からあれこれ言われたくない、というような、保身と

いうか、決別というか、そのような思いからであったと思われます。

わたしは引っ越しを済ませると、さっそく、アパートの近所にあったスナックでアルバイトを始めました。夕方五時から夜の十一時半まで。そこなら歩いて通えるし、夕飯も食べさせてもらえるし、夕暮れ時に襲ってくる訳もない寂しさを味わわないでも済む、と思ったし、それよりも何よりも、そこは喫茶店よりも時給が高かったからです。

スナック「姫ひまわり」で、わたしはひとりの男性に出会いました。

店の常連客で、わたしよりも四つ年上で、出会ったときは大学生。留年をくり返していた学生運動家上がり。やっとのことで卒業し、小学校の教員になった、確か兵庫県（だったと思います）の名もない町で生まれ育った男。眉の濃い、五月人形みたいな凜々しい顔。人柄や性格は、凡庸を絵に描いたようなひとであったにもかかわらず、わたしを道連れにして、死出の旅を企てようとしたひと。堅実な愚か者であり、大胆な小心者であり、そうして、度を超えて激しく、節操なく優しかった、わたしのおとこ。わたしの肌の上（皮膚の外側と両足の付け根の奥）を通過していく、数多《あまた》の男のうち、ほんとうにすきだった、さいしょでさいごのひと。

名前を梨木《なしき》睦朗《むつろう》と言います。

店のみんなからは「むっつぁん」とか「むっちゃん」とか「むっつー」とか、親しみのこもった呼ばれ方をされていました。わたしは、出会ってから別れるまで「梨木さん」としか、呼べませんでしたけれど。

その頃、わたしに特別の好意を寄せている男が三人、いました。

ひとりは、スナック「姫ひまわり」の経営者でした。

主たる仕事として不動産業を営んでおり、ほかにも何軒か、飲食店を所有していた彼は、週に二、三回、だいたい十時四十五分くらいに店に姿を現して、カウンターのはしっこで、ビールをチェイサーにして、ストレートのウィスキーを飲んでいることが多かったと記憶しています。この男は、わたしが夕方、店に出勤して、狭い店内をあっちへ行ったり、こっちへ来たりして、くるくると縞栗鼠みたいに動き回りながら働いて、くたくたに疲れて、十二時を過ぎてもなかなか去っていこうとしない最後の客を、ママ（店の女主人であり、経営者の愛人です）が適当にあしらっているときなどに、こっそりわたしのそばへやってきて、

「ヨーコちゃん、堪忍な。あのしつこい客のせいで、なかなか帰れへんなぁ。疲れたやろ？　足が棒のようになってるやろ？　マッサージしたろか？　店を閉めたあと、なんかうまいモンでも食いに行こか？　ああ、腹が空いてへんのやったら、ドライブ行こか？　どこへでも好きなとこへ連れていったるし、どっか、行きたいところはあるか？　え？　そや、琵琶湖へでも行ってみるか？　こんなジジイとはいやか？　そう言わんといっぺん、つきおうたれや」

と言って、およそ実現しそうにもない深夜のドライブに誘うのです。

経営者はママがお店を閉めたあと、ママを車に乗せていっしょにママの部屋へ帰るわけですから、そうしてそこで、放ったらかしにされ、飢えと渇きに苦しんでいたママの肉欲をすみずみまで満たしてやらねばならないわけですから、わたしと琵琶湖へ行けるはずなどないのです。

わたしには、わかっていました。経営者は、ママを嫉妬させるために、あるいはその夜の行為の前戯みたいなものとして、若い女にちょっかいを出しているのだと。その証拠に、ママと喧嘩をしたり、ママからつれない仕打ちを受けたときに限って、わたしに手を出してきます。ママの見ているところで、ママの視線を意識しながら、わたしの手や肩や背中に触れたり、頭を撫ぜたり、お尻にさわったりするのです。

そんなとき、わたしは持ち前のサービス精神を発揮して、まんざらいやそうでもない口調で言います。

「あっ、やめて下さい、ママに言いつけますよ」

嫌いな人から嫌われたくない一心で、愛想をふりまく少女は、健在だったのでしょうか。喜ばせたくもない人を喜ばせてしまい、うれしくもないのにうれしいふりをする、あの律儀な少女は。片鱗は残っていたと思いますけれど、わたしは「姫ひまわり」でのアルバイトが気に入っていましたから、経営者とは良好な関係を保っていたかったのです。少女は成長し、そういう打算も働かせることができるようになっていたのでした。

いえ、もっと踏み込んで告白すれば、わたしはこの助平親父（彼は自分で自分のことをそんな風に言うことすらありました）と、共犯関係を結びたかったのだと思います。あるいは、すでに結べていると確信して、その喜びを味わっていた、とも言えるでしょうか。

好きでもない男との、共犯関係。

端的に言いかえると、それは当時のわたしの、性への欲望であり、興味であった、あるいは、自分の魅力を確認できる根拠の強さを示すバロメーターであった、ということでしょう。わたしは、わたしという女の性的魅力を担保にして、男と結んでいる（と、思い込んでいる）共犯関係に快感を覚えていたのです。

「なんや、ヨーコちゃん、きょうはノーブラやないか。あかんで、そんなガードの甘いことでは」

本当は胸にさわってみたいくせに、背中にしか、さわれない、背中のブラウス越しに、ブラジャーの紐にしか、そんな五十代後半くらいの男のことを、わたしは「可愛い」と、見くびっていました。ある種の男は単純で、いやらしくて、可愛いものだと教えてくれたのは、この男だったように思います。これは、貴重な教えでした。以後、わたしの人生にある種の男が現れたときの、効果的な対処方法や利用方法を、早い段階で身につけることができたのですから。

「な、いっぺんでエエから、いっしょに悪いことせぇへんか」

「いっぺんだけなんて、お断りです」

「ほんなら、なんべんでも、やったらエエのんか」

「余計にいやです」

「まあまあ、そう言わんと、なんべんやっても、減るモンやないやろ?」

欲望丸出しなのが可愛いのです。ママから聞かされる惚気話の中にしょっちゅう出てくる、ママに対してついている、見え透いた嘘「俺にはおまえしかおらへん」とか「世界中で、愛してるのはおまえだけや」とかも、可愛いのです。また、ある種の男というのは、誘いを断られても決して悄気ることはなく、かえって奮い立ち、やる気を出して、意気揚々とするものなんです。なぜならある種の男は、下手な鉄砲も数撃ちゃ当たる式で己の人生を経営しているからです。とはいえ、この解釈はあくまでも十代のわたしのそれであって、それ以降、わたしの人生を彩るある種の男は、その時々に、微妙に違った姿形を見せてくれることになります。

「あ、もしかしたら、ヨーコちゃん、あんた、バージンなんか? そやろ? 当たり?」

男と交わったことがない、という意味では、彼の想像は、当たっていました。

「わかった、わかった、わかりました。それやったら、俺があんじょう、うまいことしてあげるし、こわがることあらへん。なんにも心配せんでエエ。初めてのときはな、若い男はあかんで。若い男は経験不足やし、自分の満足しか考えとらへん。悪いこと言わへんし、いっぺん俺に任してみぃひんか？」

いっぺん、というのは、男の口癖でした。

彼にとってわたしとは、十代の女子大学生とは、誰も見ていないところでいっぺん試食して、つまり、いっぺん唾を付けておき、あわよくば、ぺろりと食べてしまいたいお饅頭みたいなものだったのでしょう。結局、一度だけ、ママが体調を崩して店を休んでいた日に、わたしは男の車に乗って琵琶湖の近くまで行き、帰りの車中で、キスをされました。唾を付けられたわけです。キスは、百合絵の方が何倍も丁寧で、上手でした。とはいえ、わたしは決して、こういった行為がいやではありませんでした。わたしには貞操観念が欠けていた、ということなのでしょうか。いえ、キスを始めとする、いわゆる性行為に対して、並々ならぬ好奇心を抱いていた、ということなのかもしれません。男の性が欲望というスイッチによって稼働するように、女のそれは、いえ、わたしのそれは、好奇心によって稼働した、ということかもしれません。

幸か不幸か、その夜はキス止まりになりました。時間帯のせいだったのか、男が行こうと思っていたホテルは満室で、仕方なく、暗がりに停めた車の中でわたしの上半身を裸にしてみたものの、男はどうしてもそれ以上の行為に及ぶことはできなかったのです。

「あれ？　なんでやろ？」

萎えた物をわたしにつかませたまま、深く考え込んでいる表情。それもまた「可愛い」と、思ったことは、言うまでもありません。

悲劇か、喜劇か、で表現するならば、ある種の男とは、喜劇なんです。意思だけではコントロールすることのできない、生き物としての（なまもの、と言うべきでしょうか）男根が付いているゆえの喜劇、とも言えるでしょうか。その点、悲しいかな女は、喜劇にはなり得ないんです。女に付いているのは、穴だからです。しかもその穴には底というか、突き当たりというか、果てがないのですから。

もうひとりの「ある種の男」は、同じ法学部法律学科の、いわゆる同級生でした。

彼とわたしは同じゼミ「アメリカの司法制度研究」を取っていたので、週に一度は必ず、教室で、顔を合わせていたのです。授業が終わって、教室から出ていこうとしていると、彼はいつもうしろからそっと、声をかけてきます。さり気なさを装って、道ばたで偶然、見つけた珍しい石でも拾うようにして。

「秋山さん、ちょっと」

振り向くと、

「茶でも、しに行かへんか。話したいこともあるし」

と言います。

茶というのは喫茶店のことで、話したいことというのは「ノート貸して」もしくは「次の試験のとき、カンニングさして」に決まっています。

半ばうんざりしながらも、わたしは笑顔で答えを返します。抵抗よりも、従順です。抵抗したって、いいことは何もありません。気まずくなったり、なんらかの形で衝突してしまったりするよりも、相手の言いなりになっていた方が楽に生きられます。

いいえ、それだけではありません。ここで少し話が前後してしまいますけれど、わたしはこの男子学生とも「共犯関係」を結ぶ必要があったのです。それは、性的魅力を担保とした共犯関係に加えて、そこに金銭の受け渡しをともなう、いわば、ギブ・アンド・テイクの関係でした。有り体に言えば、わたしは稼ぐ必要があったのです。

「ありがとう。でも、ごめんね。わたし、このあとバイトがあるし」

この返答は、嘘でも演技でもありませんでした。二回生になってから、わたしはスナックのほかに、週に三日、家庭教師の仕事も始めていたのです。それは、梨木さんがわたしのために、見つけてきたアルバイト（きちんとした仕事、と彼は言っていた）でした。

「それやったら、バイト先まで送っていったるわ」

ありがたく、その好意を受けました。家庭教師先の家は不便な場所にあり、バスだと乗り換えをしないといけなかったから。雨の日だったりすると、とても助かります。この頃のわたしは最早、両親に嫌われたくなくて、うさぎの真似をする悲しい女の子を脱ぎ捨て、そこから程遠いところまで旅をし、戻れなくなっていました。要はある種の男を利用する術をきちんと身につけていた、ということです。実に、誠に、狡猾です。いやな女になったものです。この、いやな女を封じ込めるために、言いかえると、すっかりいやな女に成り下がったわたしを、どこかで強烈に否定し、認めたくないと思っているわたしも存在していて、しかし、そのような自覚というか、認識というか、要はわたしがわたしであることから、矛盾し切ったわたしの「思想」から、目を逸らしていたくて、わたしはますます好きな男の「しもべ」になり、好きな男に尽くすという「行為」に、夢中になっていくわけですけれども。

好きでもない男の車は、ベンツだったか、ポルシェだったか、覚えていませんけれど、とにかく外国車です。わたしの通っていた大学にはごろごろ転がっていた、彼は金持ちのぼんぼんでした。宇治茶の製造元の跡取り息子だったと記憶しています。

ゼミを無断で欠席した理由を問われて、教授に言い返した彼の台詞を、今でもはっきりと覚えています。

「先生、お茶いうのは生き物ですさかい、きょう、摘まなあかんとなったら、槍が飛んでこようと、鉄砲玉が飛んでこようと、ゼミがあろうとなかろうと、その日に摘まなあかんのですわ」

おそらく、彼の父親か母親か、あるいは茶園の仕事を任されている人物が従業員に、語って聞かせた言葉だったのではないでしょうか。

彼はよく、ノートやカンニングや「キスさして」のお礼として、わたしに物を買ってくれました。本当に、気前よく、いつでもどこでも、なんでもぽんぽん、惜しげもなく買ってくれました。わたしが欲しいと言ったわけでもないのに、洋服、アクセサリー、バッグ、下着、靴、飾り物、置き物、小物など、食べ物やお酒やお花じゃなくて、あとに残るものが多くて、そうしてそれらは実に趣味の悪い品ばかりで、わたしはもらう端からクラスメイトやママやお店の同僚などに安価で譲ったり、高級品なら質屋へ持っていったりして、金銭に換えていました。そうして、何かを買ってもらうたびにわたしは、うれしそうな顔をして彼を喜ばせ、キスをさせてあげたり、胸をさわらせてあげたりしていたのです。

「ぼくのこと、財布やと思うてくれてかまへんし」

女を物で釣ろうとする、釣れると思っている月並みさを「可愛いな」と思いながらも、貧しかったわたしは彼を思う存分、利用しました。主に交通費と食費と本代を浮かせるために、そして、浮かせたお金をすきなひとに貢ぐために、まさに財布がわりに利用していたのです。

秋の、寒い夜でした。わたしは、小幡《こはた》（といったと覚えていますけれど、記憶が薄れ、定かではありません。初めての相手の名前さえ忘れているようなわたしなのです）と、いよいよ最後の一線を越えざるを得ない、といった局面を迎えていました。

「アパートの家賃が払えなくなって……三ヶ月分ほど。助けてもらえたら……」

と、わたしが言うと、彼は、

「なんや、そんなことか、もっと早う言うてくれたらよかったのに」

脂下《やにさ》がったような表情を見せました。

もうこれ以上、ただ体をさわらせ、彼の性欲をわたしの口で処理するだけでは済まされないような、大きな買い物を、わたしは彼にさせようと決意していたのです。小金ではなくて、大金を稼ぐために。

ほかに、良い方法を思いつくことはできませんでした。彼がかねてから望んでいることはそれだったし、それをすれば、すべてが解決するだろうと、浅はかなわたしは思い至ったのです。女の知恵です。なんて薄汚い、なんて薄汚れた知恵なのでしょうか。けれどもそれはわたしにとって、聖なる知恵でもありました。すきなひとのためなら喜んで、悪魔にでもこの身を捧げる、純真無垢な人身御供にでもなったようなつもりだったのでしょう。

ブランド物のバッグをプレゼントされたあと、わたしは、彼といっしょに、祇園の裏通りにあった、いかにも高級そうなお寿司屋さんで、少しもおいしくない寿司を食べながら（彼の名前は忘れても、そのときの寿司のまずさだけは、どうしたことか、はっきり記憶に残っています。そうして、青大将の顔に似た顔つきの、丸坊主のおやじが首を振りふり、いかにも上手みたいにごまかしながら寿司を握っている様も、眼前に見るように鮮明に思い出され、後年、電車の中などで、はてどこかで見た顔だ、といろいろ考え、なんだ、あのときの寿司屋のおやじに似ているんだ、と気がつき苦笑したことも再三あったほどでした。男の名前も、また、顔かたちさえ記憶から遠ざかっている現在なお、あの寿司屋のおやじの顔だけは絵に描けるほど正確に覚えているとは、よっぽどあのときの寿司がまずく、わたしに寒さと苦痛を与えたものと思われます。もともと、わたしは生魚が苦手で、うまい寿司を食べさせる店というところに、誰かに連れられていっても、おいしいと思ったことは、一度もありませんでした。大き過ぎるのです。親指くらいの大きさにきちっと握れないものかしら、といつも考えていました）彼がわたしの乾いた手の甲に、自分の湿った手のひらを載せたまま「ほんまに、エエんやな」と、湿った声で言うのを聞いていたのでした。

「後悔せぇへんか？」

ある種の男というものは総じて、寝る前のことと、寝てしまってからのこととのあいだに、ひとつの、塵ほどの、つながりをも持たせず、完全の忘却のごとく、見事にふたつの世界を切断させて生きているという不思議な現象を、わたしはこの、わたしとほぼ同年齢の、若い男から学んだように思います。のちに、この学びがわたしの首を真綿で締めるように苦しめることになるわけですけれども、そのときにはただただ「不思議なものだ」と、目を瞬かせていたに過ぎません。

期待通りだったのか、それとも、期待はずれであったのか、おそらく後者であったのでしょう。閑静な住宅街に突然、その時間帯だけに、ぽっと出現したかのようなホテル、というよりも休憩所みたいな、玄人好みの造りの一軒家の和室の離れに敷かれた、部屋の割合からすれば広過ぎる布団の上で、彼はあわただしく、まるでお茶漬けを掻き込むようにして男の行為を済ませたあと（それは文字通り、済ませるという表現がぴたりと当てはまるような、呆気ない、味も素っ気もない行為でした）煙草を吸いながら、こう言ったのです。そのときには、ひどく満足げな、得意げな表情をしていました。おまえを女にしてやった、と言わんばかりの。

「感じたか？」

うなずかなければこの人に悪い、と思ってうなずくと、

「やっぱりな、秋山さん、初めてとちゃうやろ？」

言葉の意味がわからなくて黙っていると、彼は、点けたばかりの煙草を灰皿にぐりぐり押しつけるようにして消すと、

「あのな、初めてやったら、女の子はなんにも感じへんし、血がぎょうさん、どばっと出るもんなんやで」

と、したり顔で言い（このときも、満足顔はまだ続いていました）

「さ、帰ろか。送っていくし、早よ支度し。こんなところで、ぐずぐずしててもしょうがないわ」

と、急にいらいらした表情になって言ったのでした。

部屋に着いたばかりのときの、あの、夢見心地の表情はどこへ行ったのでしょうか。事を終えたあとの、好きでもない男が見せた一瞬の冷たい表情に、わたしは言い知れぬ寂しさを覚えたものです。このとき感じた、ぞっとするような寂しさは、あとあとまで、尾を引くことになります。この寂しさを埋めるためなら、わたしはどんなことでもしようと、思うようになるのです。そう、この寂しさを消すことができるのであれば、死んでもいい、とさえ。

梨木さんは、三人目の男でした。

彼はほかのお客とは違って、スナック「姫ひまわり」に、お酒を飲むためではなく、小柳ルミ子にそっくりだったママと、親しげに会話をするためでもなく、ただ、夕飯を食べるために通ってきていました。途中からは、わたしに会うことを目的としていたようでもありましたけれど、そうなるまでは、スナックで出していた軽食類、カレー、焼きそば、スパゲティ・ナポリタンなどを食べ、食後のコーヒーを飲み、文庫本を取り出して読んだり、何か書き物をしたりして、小一時間ほどで去っていく、処しやすい客でした。

ママは一時期、梨木さんのことをひどく気に入っていて、

「むっちゃんはな、見かけによらず、いろいろ苦労してはるのや」

などと言って、軽食に、手作りの一品を添えてやったりしていたかと思うと、わたしが

梨木さんとつきあうようになってからは、

「葉湖ちゃん、あの男は訳ありや。近づいたら危険や。やめとき」

などと言ったりもしていました。

きっかけは、一冊の本でした。ある日、梨木さんが熱心に読んでいた本に、ふと興味を抱いたわたしは、テーブル席にコーヒーを運んでいったついでに、尋ねてみたのです。

「何を読んでいるの？」

梨木さんがわたしに見せたのは、小林多喜二の『蟹工船』でした。

「ああ、わたし、その作品、読んだことがあります」

その昔、少女時代に、両親の本棚から抜き取って、読みふけった本たち『原爆詩集』や『萩原朔太郎詩集』や『武蔵野夫人』や『人間失格』や『斜陽』や『浮雲』や『放浪記』や『氷点』や『されどわれらが日々——』や『砂の上の植物群』や『個人的な体験』などの周辺に、プロレタリア文学の作品もいくつか並んでいて、それは、その中の一冊だったのです。

「え、そうなの？」

梨木さんは目をまんまるくして、わたしの瞳を見つめていました。

「葉湖さんのイメージと、かなり違うけど、こんなの読むんだ？」

「でも、どんな内容だったか、あんまり覚えていないの」

恥ずかしそうにそう言うと、今度は目を細めて、まぶしそうに笑いました。

「いいんじゃない、こんな暗い本の内容、いちいち覚えていたって、いいことなんか、なんにもないと思うよ」

そう言い放って、本をぱたんと閉じると、

「葉湖ちゃんの好きな作家は、誰？」

と、問いかけてきました。

わたしは思いつくままに作家の名前を挙げました。五木寛之、田辺聖子、三島由紀夫、吉行淳之介、井上靖、宇野千代、大江健三郎、安部公房、中原中也――

しかし、高校時代に心酔していた北山修の名前はなぜか、口にすることができませんでした。親しくなってから告白し「へええ、それで、京都へ来たの。そんなことで進路を決めたんだ」と、ずいぶん面白がられましたけれど。

きっとわたしは、梨木さんに「文学好きで知的な女子大学生だ」と、思われたかったのでしょう。無意識の媚び。自分を少しでもよく見せたいという虚栄心。そういうものから、恋は始まっていくのです。

そのうち、梨木さんは明らかに、わたしに会うために、お店に通ってくるようになりました。わたしもいつしか、そのことを、心待ちにするようになっていました。

それから「今度の日曜日に、店の外で会わない？」と誘われ、京都御所の入り口で待ち合わせて、御所の玉砂利を踏みながら散歩をし、二条河原町にあった喫茶店に入って、そこで「つきあってくれる?」と言われ、わたしは有頂天になりました。

ほかのふたりと違って、梨木さんの目的は、わたしの体ではなかったのです。そのことは最初から察知していました。彼は「ある種の男」ではなかったのです。ただ、梨木さんの目的は、わたしの体ではなかったけれど、わたしの人生そのものでもあったのです。単なる侵略ではなくて、占領。満州国みたいなものです。勝手に侵略して、そこに国を造る、そういう意味では恋とは、実に恐ろしいものです。恋は盲目。これはいったいいつ、誰がどこで、使い始めた文言なのでしょうか。本気で人を好きになる、ということは、遊びで人を好きになることよりも何倍も恐ろしく、何倍も人を損なうものなのです。しかしながら、人を好きになったばかりの人は、欲しかった玩具を買い与えられた子どもみたいなもので、玩具が壊れるまで、あるいは、玩具に飽きるまで耽溺し、果ては食糧が尽きて餓死するか、原爆を落とされて降伏するか、つまるところ、恋の行く末には自滅か、敗北しかないのに、薄々そうとわかっていながらも、その、ありきたりな、寒い台本通りに進んでいってしまうものなのです。

これから本気でつきあっていくに当たって、

「ひとつだけ、条件があるんだけど」

梨木さんの出した条件とは、

「スナックの仕事は、辞めて欲しいんだ。その代わりに、僕が何かもっと、葉ちゃんにふさわしい仕事を見つけてきてあげるから」

というものでした。

「それとも何か、夜の仕事をしないといけない訳でもあるの？」

この質問に対して、わたしは梨木さんを安心させるために、小さな嘘をつきました。自分では小さな嘘だと思っていました。わたしは決して苦学生ではない、家からの仕送りももらっている、わたしには、少ないながら貯金もある、スナックで働いているのはただアパートから近いところにあの店があるからだ、と。

「そう、だったら、辞めても問題ないね」

そうして梨木さんは、最初は家庭教師を、その後ほどなく、京都府立総合資料館でのアルバイトを見つけてきて、彼曰く「水商売」から、わたしの足を洗わせたのでした。

梨木さんはそれほどまでに、わたしを大切にしてくれていたのでしょうか。わたしを大切にし、庇護し、保護しようとしていたのでしょうか。それともわたしを侵略し、占領し、そこに国家を建設しようとしていたのでしょうか。

彼が教員採用試験に受かって、京都市内の小学校に就職が決まった日、

「これからは、結婚を前提として、つきあって欲しい」

と、言われました。

わたしは三回生、二十一歳の誕生日を迎えたばかりでした。鹿児島では日本で初めての五つ子の赤ちゃんが誕生し、離婚後の姓の選択が自由になり、巷にはキャンディーズの『春一番』や、山口百恵の『横須賀ストーリー』や、新沼謙治の『嫁にこないか』が流れていました。

「葉ちゃんが大学を卒業したら、僕は葉ちゃんのご両親に頭を下げに行くつもりでいるから、そのつもりでいて。僕を信じて、ついてきて」

そんなこと、言われなくても、恋は盲目、わたしは梨木さんを信じ切っていました。プロポーズ。と呼んでも差し支えないような言葉を浴びせられ、わたしはその日、自分は世界でいちばん幸福な（こんな大それた言葉を、なんの躊躇もなく、肯定的に使用することは、わたしのこの全手記において、今輪際ないはずです）女だと信じて、疑っていませんでした。

「本当は、指輪をあげられたら良かったんだけど、ごめんね」

ああ、なんという幸福！

結婚、指輪、結婚、指輪、とリズムを刻む、結婚行進曲が聞こえていました。これからわたしはこのひとの「もの」となって、所有物となって、生きることができるのです。もう、寂しくありません。もう、侘しくありません。全身全霊で、誰かのためだけに生きることができるのです。

しかしながら、ひとつだけ、わたしには、気になっていることがありました。先にも書いた通り、それは、梨木さんがほかのふたりと違って、わたしの体の、唇以外の部分を、欲しがっていないということでした。

どうしてなんだろう。どうして？　どうして？

会うたびにそう思っていました。会って、別れたあとは、頭痛がするくらい、そのことについて、考えました。家庭教師の仕事をしながら、目の前で算数の難問を解いている小学生の女の子のように、必死で考えました。考えても、考えても、答えは浮かんできません。やがて、こう思うしかないだろう、と、わたしが導き出した結論とは、梨木さんは高潔な人物である、という明快な答えでした。つまり、あのひとはわたしと結婚するまでは、わたしの純潔を守ろうとしてくれているのだ、というりっぱな回答です。恋する者が必ず引っかかる罠。自明の理という名の落とし穴、と言ってもいいでしょうか。

梨木さんは高潔な人物で、梨木さんはわたしを大事にしてくれている、という事実を裏返せば、梨木さんは無責任な人物で、わたしに関するいっさいの責任を負いたくない、それでも、苦しい日々の暮らしの中で、ふと心を和ませてくれる、道端に咲いている野菊のようなわたしを摘み取って、部屋に飾っておきたいと思った、という事実が炙り出されてくるはずなのです。幸福に舞い上がっていたわたしの目には、見えない事実が。

幸福とは常に、諸刃の剣なのです。幸福は人を有頂天にさせておいて、一気に奈落の底に突き落とします。幸福をあなどってはなりません。幸福を侮る者は、幸福によって傷つき、ときには、殺されるのです。

梨木さんは、多額の借金を抱えていました。学生運動家だった頃に、闇の組織から武器を調達する仕事をしていたことと、関係があったようでした。また、これも同時期に起こったことだったようですけど、梨木さんの不手際が原因で逮捕された仲間のひとりが獄中で自死したために、その家族に脅され、多額のお金を払い続けていたのです。郷里とは、絶縁状態。詳しいことは何も話してくれませんでしたし、口癖は「心配しなくていいからね」でしたけれど、わたしとつきあい始めた頃には、借金が借金を産むばかりで、もう、どうにもならなくなっていたのでしょう。

わたしが彼の借金に気づいたのは、例の「本当は、指輪をあげられたら良かったんだけど、ごめんね」という台詞を耳にした日です。

結婚幻想行進曲を聴きながら有頂天になっているわたしに、梨木さんは、髪の毛に付いた糸屑でも取るような、さりげない口調で「葉ちゃんには、苦労をかけることになるかもしれないな、もう、金を貸してくれる人もいなくなってしまったし」と言って、寂しそうに微笑んだのです。当然のことながら、この台詞がわたしの有頂天を損なうことはなく、舞い上がっているわたしは「それなら、このわたしがあなたのために、お金を稼いであげる」と、幼い頭の中で、幼い決意をしていたのでした。

わたしは全身全霊で、梨木さんに尽くしました。持っているお金も、稼いだお金もすべて、梨木さんに捧げました。捧げたとか、貢いだとか、稼いだとか、言葉は大仰ですけれど、それらは大金ではありません（まとまった大金を渡したのは、一度きりでした）。たとえば食費、たとえば靴下を買うお金、たとえばどうしても必要な本を買うお金、喉が渇いたときに飲むジュース代、外食費、これらはあくまでも「たとえば」ということですけれど、いずれも小さなお金です。ただ、塵も積もればまとまった金額にはなるでしょう。その塵のようなお金を、わたしは、例のお金持ちの坊ちゃん（茶坊主、とわたしは呼んでいました）を利用して、稼げるだけ稼いで（バージンまで献上して）すきなひとに貢いだのです。これは、ある種のチャレンジであった、ということかもしれません。つまりわたしは、すきなひとに貢ぐために、自分の性的な魅力を活用して、好きでもない男からどれだけお金を引き出せるか、というチャレンジに取り憑かれていた、つまり、のめり込んでいた、ということです。

わたしにはさまざまな性癖がありましたけれど、この、のめり込む性癖だけは一生、変わることはありませんでした。他人の目から見ると、なんて馬鹿な女なんだ、なんて異常なことをしているんだ、と、ただただ、あきれられるような生活だったかもしれません。しかし、それをやっている当人にとっては、これが自然で、当たり前で、こうするしかないからやっている、のではなくて、こうしたいからやっている、というような前向きな生活であったのでした。

　貧乏神、という言葉があります。人に取り憑いて、その人が貧乏になるように、なるように仕向けてゆく、意地悪な神様です。梨木さんは明らかに、そういう神様に取り憑かれていました。借金だらけで、部屋にはお金が一円もないのに泥棒に入られて、なけなしの家具を盗まれたりすることもあったし、街角の雑踏で財布を掏られるのも、隙だらけのわたしではなくて、用心深い梨木さんの方でした。

　また、疫病神、という言葉もあります。何をやってもうまく行かず、それどころか、すべてが悪い方へ、悪い方へと進んでゆく、というような状態を指して「疫病神に取り憑かれた」という風に表現します。梨木さんは明らかに、そういう状態に陥っていました。

　一方のわたしには、そういう人を見ると、放ってはおけない、なんとかしてあげたくなる、という、別の意味での疫病神が取り憑いていたようでした。追い詰められて、困ったり、苦しんだりしている人を見ると、わたしの体は必ずや、優しい心でいっぱいになるのです。そうして、そのわたしの「優しい心」は、自分でもうっとりするくらい優しい心なのでした。

　忘れもしません、あの日のあの赤を。

　金持ちの茶坊主に強姦（むろんそれは、百パーセントの合意の上でのものでした）されたホテルから車で送ってもらい、梨木さんと待ち合わせていたお店へ行き、梨木さんに三

文藝春秋の新刊

12

2021

「京都の灯」©大高郁

●75年の時を超えて発見された奇跡の日記文学――田辺聖子版「アンネの日記」

田辺聖子
十八歳の日の記録

月刊「文藝春秋」に掲載され、話題となった、田辺文学の源泉にして時代の証言。雑誌未掲載原稿と中短篇4作を収録した完全版

◆12月3日
A5判
仮フランス装

1760円
391474-9

●アフターコロナの介護業界の闇、その先の希望を描く。熱き刑事の物語

田辺聖子
マンモスの抜け殻

相場英雄

都心の限界集落で介護施設経営者が死んだ。容疑者となった友を救う為、刑事が疾走。高齢化社会の絶望と希望を描く社会派ミステリー

◆12月8日
四六判
並製カバー装

1980円
391475-6

●ホラーミステリーの名手、シリーズ第3弾

赫衣の闇

『黒面の狐』事件後、上京した物理波矢多は、闇市「赤迷路」に巣食う怪人「赫衣」の正体を調べるなかで、凄惨な殺人事件に遭遇する

◆12月9日
四六判
上製カバー装

1980円
391476-3

私のことを憶えていますか 7

東村アキコ

め初めて故郷を訪れたSORAには、この地で確かめたいことがあった。秘密裏に遥に協力を求める

◆12月9日
A5判
並製カバー装

1045円
091015-7

今日もマンガを読んでいる

●つくづくエンタメは現実を救う——マンガ愛が炸裂するコラム集！

宇垣美里

週刊文春の人気連載「宇垣総裁のマンガ党宣言！」を書籍化。宇垣美里が選りすぐった傑作マンガの数々を熱量たっぷりに評します

◆12月14日
四六判
ソフトカバー装

予価1760円
391483-1

ペルシャの幻術師 1

●司馬遼太郎、幻のデビュー作をマンガ化

原作 司馬遼太郎　作画 蔵西

海音寺潮五郎が「幻覚の美しさに惚れこんだ」と絶賛した名作に、文化庁メディア芸術祭審査委員会推薦作品選出の漫画家・蔵西が挑む

◆12月15日
A5判
並製カバー装

990円
090113-1

至極のスイーツと占星術があなたの幸せを後押しします
満月珈琲店の星詠み ～ライオンズゲートの奇跡～
望月麻衣　画・桜田千尋
737円
791792-0

平成の高校生が明治に転生！　驚きの未発表小説、文庫で登場
約束
葉室 麟
715円
791793-7

大ヒット『神様の御用人』著者が贈る新・ファンタジー始動！
神と王　亡国の書
781円
791794-4

久蔵が蔓延る悪を斬る！　シリーズ第十二弾
凶状持
新・秋山久蔵御用控（十二）
藤井邦夫
792円
791799-9

いま、母親の視点から描かれる、娘の性的虐待
ダンシング・マザー
内田春菊
880円
791801-9

女の中で何が壊れ、何が生まれたのか
玉蘭〈新装版〉
桐野夏生
957円
791802-6

あなたの体が静かな復讐を始める！
軀 KARADA〈新装版〉
乃南アサ
858円
791803-3

こんなに短くてとても面白い！　初期の傑作短編ミステリー15篇
山が見ていた〈新装版〉
6円
804-0

ヶ月分の家賃に相当するお金の入った封筒を渡して、大あわてで（返済期限をとうに過ぎていたためでしょう）返しに行くために、そそくさと梨木さんが去っていったあと、店のお手洗いを使ったとき、わたしの下着に付いていた血液の跡を。点々と、それは美しく、星くずのように、散らばっていました。この血液を、わたしは梨木さんのために、流したかったと思いました。

幼い愛情でした。

いいえ、それは、幼い自己愛であったのかもしれません。人は常に、相手を愛しているようで、自分を愛しているものです。男でも女でも、それは同じです。

無条件の、他人に対する愛情。報酬を求めない、純粋な献身。人生の終章に当たる時を迎えて、わたしは「これ」にあこがれ「これ」に取り憑かれ、ほとんどそれを、生きるよすが、というか、有り体に言えば、生きる目的、にしてしまうのですけれど、この頃はまだ、愛とは情熱だと、愛とは奪うものであり、奪われるものであると、愛とは欲望であり願望であり希望であると、世間の人たちが当たり前に思うようなことを、当たり前に、思っていたのです。わたしはまだ、れっきとした小市民であり、月並みな形容詞のような女であり、小さくまとまったインテリ娼婦であったのです。知的・文学的な娼婦であったわたしは、茶坊主に純潔を与えて（買わせて）梨木さんから愛を与えられた、あるいは愛を勝ち取ったつもりでいたのでしょうか。

それから十日ほどのちに、梨木さんとわたしは、結ばれました。

わたしの方から誘ったのです。「好きなのだったら、抱いて」と。もう、いっときたりとも我慢できませんでした。我慢していることに、疲れたのです。

欲情。わたしは、すきなおとこのひとのすべてが欲しかったのです。わたしは、わたしの抱えているすべての穴を、埋めたかったのです。肉体的な穴と精神的な穴の両方を、同時に。恋でも、愛でもなく、欲情。色と慾です。それは「所有欲」と、名づけていいものだったと思います。

何度でも、同じことを書きたくなります。

その夜、わたしは梨木さんの部屋で、わたしのすべてを捧げたのです。それは心からの行為で、わたしは初めて、すきなおとこのひとに、からだではなくてこころを、捧げたのです。まるで演歌の歌詞のような、幸福なひと夜でした。

ストーブもなくて、抱き合っていないと、ぶるぶる震えてしまうような寒い夜だったはずなのに「寒い」と感じることもなく、湿った煎餅布団の上で、梨木さんの、たっぷりとした、執拗かつ容赦ない愛の行為を受けたあと、その余韻に浸っているわたしに、けれども幸福は、その、尖った棘を突き刺してきました。

ぽつん、と、寂しそうに、梨木さんは言ったのです。

「葉ちゃん、前に好きな人、いたんだね。その人に、あげたの?」

じんと骨身に染みるほど、痛い言葉でした。初めてわたしが恋した人の声だっただけに、痛かったのです。幸福は、人を傷つけます。それはもう、容赦なく傷つけるのです。

わたしは「定期預金を解約してきた」と嘘をついて、十日ほど前のあの日、わたしにとっては決して軽くはない封筒を渡していたのです。わたしのだいすきな、とくべつなひとに。

「いいよ、僕は何も気にしてないから」

そんな言い方を梨木さんはしました。

わたしは激しく迷いました。このひとに、今ここで、あなたのために、あなたが借金を返せるように、金持ちの同級生の男と寝たのだと、告白するべきかどうか、一分だけ迷った末に、告白しない方を選びました。枕に顔を押しつけたまま、涙は流さず、泣きました。なんだったのでしょう。

あの夜の、涙にならない涙の意味は、なんだったのでしょう。

好きだったからです。梨木さんのことが好きだったからです。だから、悲しかったのです。本当に、これまで出会った人の中で、本当に好きだったのは、貧乏神と疫病神に取り憑かれた、梨木さんだけだったのです。せかいいち、すてきな、だいすきな、せかいに、たったひとりしかいない、わたしのおとこ、わたしのすきなひと、梨木さん。

その日、梨木さんはもう一度わたしを抱いたあと、

「葉ちゃん、もう帰るな。これからここでいっしょに暮らそう。そうすれば家賃も浮くし、一挙両得だろ？　いや、一石二鳥か」

と提案し、ささくれ立った男の指でさんざんいじり回され、羽をもがれた小鳥のようになっていたわたしは、迷うこともなく「そうする！」と答え、ふたたび、天にも昇るような心地になったのでした。

短い幸せは、短いからこそ濃く、深く、わたしの人生を彩ってくれました。

わたしは、梨木さんの弾くギターと、梨木さんの歌うフォークソングが好きでした。『私たちの望むものは』『人間なんて』『学生街の喫茶店』『風』『なのにあなたは京都へゆくの』――

ギターを二束三文で売ってしまってからは、わたしの手拍子だけで、歌ってくれました。『神田川』『結婚しようよ』『戦争を知らない子供たち』――

歌が終わったあと、梨木さんがときには熱く、ときには投げやりに語る世相や、世間を騒がせている事件や、世界情勢についての解説を聞くのも、好きでした。ヴェトナム戦争の終結、中国で起こった天安門事件、カンボジアで始まった大虐殺、ロッキード事件とピーナッツの関係――

安酒と、インスタント・ラーメンと、キャベツ炒めだけの夕食が好きでした。白い食パンにマヨネーズを、塗って食べるだけでも満足でした。できもしない料理をちまちまと、こしらえて、ちぐはぐな食器をテーブルいっぱいに並べ、梨木さんの帰りを待つ夕暮れ時、台所の窓に映っている自分のエプロン姿に酔い痴れました。それは、わたしが未だかつて味わったことのなかった幸福でした。この幸福のためなら、死んでもいいとさえ、思えるほどの。

だから、ある、凍えそうなほど寒い冬の晩、梨木さんから、

「死ぬしかないかな」

と、つぶやかれたとき、わたしはマリア様のような微笑みを浮かべて、

「そうね。そうしよう」

と、答えました。

梨木さんは、次第につめたくなっていくわたしの体を抱いて、さめざめと泣きました。「ごめんね、ごめんね」と、言いながら。わたしはまるで、わたしの存在が梨木さんを泣かせているかのような居たたまれない気持ちになって「泣かないで、わたしがついてるから」と、胸の中に梨木さんの頭を抱え込んで、何度も何度も撫ぜてあげました。「男を泣かす女」には、こういう意味もあったのか、などと思いながら。

先にも書いた通り、疫病神に取り憑かれていた梨木さんは、数週間ほど前に、勤務先の小学校で、体育の時間に、鉄棒をさせていた小学校二年生の子どもを死なせてしまう、という事故を起こしていたのです。梨木さんにとっては「ちょっと目を離した隙に起こった

こと」であっても、保護者にとっては「監督不行き届きによる重大な過失致死」です。警察沙汰になり、保護者からは訴えを起こされ、学校は辞めさせられてしまって、まさに、どん詰まりの状態にありました。

わたしはわたしで、親から振り込まれた学費はそのまま梨木さんに渡し、借りられるところからはことごとく借り、もうほかには何も方法がない、というところまで、突き進んできていました。とにかく、なんにでも、のめり込める中毒女ですから、あとは、わたしが借金の肩代わりとして、売春婦になって働くしかない、というところまで。実際に、借金の取り立て業者から、その筋の職場を紹介されてもいました。わたしなら「いい金が稼げる」と、太鼓判を押されてもいました。

わたしにそれをさせないためにも、梨木さんは死のうと言ったのでしょうか。わたしは特にその仕事をいやがってはいなかったし、春を売るくらいのことなら、簡単にできると、高をくくっていたのですけれど。

「心中って、どうやって、すればいいのかな?」

「どうせするなら、うんと、ロマンティックな方法がいいな」

けれども、そのときにはまだ、実感としての「死のう」という覚悟は、わたしにはできていなかったのです。どこかに「遊び」が潜んでいました。

わたしには今でも、どこか、そういうところがあるようです。つまり、のめり込んでいる自分を脇から見て、観察して、笑いながら、楽しんでいるようなところが。後年のある時期、わたしは、いつ、わたしの夫が帰ってくるか、わからないような家で、妻子ある男に、平気で体を開いていたことさえあったほどなのです。言ってしまえばわたしには、生きていくということがどういうことなのか、やはり、今もまったく、わかっていないのかもしれません。昔はそのことが不安でたまりませんでしたけれど、今は、ただ不安に思うのではなくて、あたかも傍観者のように、観客席から、自分の不安を含めて自分の姿態（痴態と言うべきでしょうか）を見つめているようなのです。自分を見る他人の目、と言ってもいいのでしょうか。そのような、不敵で不遜な目をした女は、思えばあの頃から、梨木さんと結ばれてから、自分の内面に芽生えていたように思えます。

「首吊りなんて、犯罪者みたいで、いやだよね」

「飛び降りはもっといや」

「刃物なんて、こわくて使えそうもないよね」

「血を流すのはいや、痛いのも……」

ふたりで額を突き合わせて、あれこれと、まるで酒屋で酒を、薬局で薬を見繕うようにして話し合った結果、わたしたちは、年も押し詰まったその夜、焼酎に大量の睡眠薬を混ぜて飲み、いっしょに布団に入って、あの世へ旅立ったつもりになっていました。

すきなひとは、死にました。そうして、わたしだけ助かりました。

わたしが目覚めたのは翌日の昼過ぎ、激しい頭痛で体が痺れて、お手洗いにたどり着く前に何度か、倒れたまま、吐きました。焼けつくように胸が熱く、喉を掻き毟りながら、内臓を吐き出すかのような嘔吐をくり返しながら、もがき苦しみました。梨木さんの姿は、どこにもありませんでした。わたしの太ももの付け根には、最後に交わったとき、思うさま放たれた、梨木さんの精液らしきものがかさかさに乾いたまま、こびり着いていましたけれど。

梨木さんは熟睡しているわたしを部屋に残して、どこかで盗んだ自転車に乗り、深夜、深泥池《みぞろがいけ》という名前の池まで走っていき、そこで自転車ごと池に入水し、亡くなっていたのです。最初からそのつもりだったのか、最初から最後まで、自分だけが死ぬつもりだったのか、わたしには、わかろうはずもありません。遺書もありませんでした。ただ、死ぬ覚悟だけは本気だったようで、自転車のペダルに自分の片足を、荷造り用の麻紐でぐるぐる巻きにしていたそうです。片割れのわたしは、玄関から外に転がり出て倒れている姿を発見した、近所の人が呼んでくれた救急車で病院へ運ばれ、応急処置を受け、命には別状もなく、たったひと晩で退院しました。

病室で、警察官の口から、梨木さんの死を知らされたわたしは、ひたすら、死んだ梨木さんが恋しくて、めそめそ泣いてばかりいました。

もう二度と、梨木さんに会えない、あの、だいすきな、せかいいち、すきな、わたしのおとこにもう会えないのかと思うと、悲しくて、寂しくて、たまらないのに、同時にわたしは心の全部で、ほっとしている自分がいるのを知覚していました。かつて、可愛くてたまらなかった弟を心配するあまり、弟が死んでしまえばいいと思っていたあの「わたし自身」がそこにいたのです。ああこれでもう一切、梨木さんのことを心配しないで済む、借金取りに追われて身を縮めているひとを想わなくて済む、そう思うとうれしくて、わたしは、喪失の悲しみと同じくらいの安堵を、身の内に感じていたのです。

しかし、また、それと同時に、これからはまた、あの、埋めようのない寂しさと、つきあっていかなくてはならないのかと思うと、たちまち絶望感に苛まれてしまい、つめたい涙とあたたかい涙の両方が胸にあふれて、まさに、火に焼かれながら、氷の地獄に落ちてゆくような、苦しみがあとからあとから、あふれ出てくるのです。

いっしょにあの世へ連れていってくれなかった梨木さんを恨みながらも、それでも安堵しているわたしを、わたしは、許せないような、それでいて、いや、これこそがわたしなのだというような、妙な納得感もあります。生き残った者が言う台詞としては、実に、誠に、ありきたりではありますけれど「いっそひと思いに殺してから、逝って欲しかった」と、わたしは胸の中で幾度となく、つぶやきました。それにしても、こんなにも簡単に人は死んでしまうものなのかと、案外とも、意外とも、霹靂《へきれき》に撃ちくだかれたような思いがしました。きのうまで、いた、わたしのすきなひとは、もう、どこにも、いないのです。

あとには気配さえ残っていません。酸素に満ちた空気だけがたっぷりと、残っています。吸い込むと、寂しさで胸が張り裂けそうです。

初老の刑事が青白いわたしの顔を覗き込んで、

「よしよし、死んだ男がそんなに恋しいんか。まあ、それが人情いうもんやろな。悲しんでやらへんかったら、仏さんも浮かばれへんやろ」

などと言うのを聞いて「滑稽な台詞だ」と思えるほどの、心の余裕などありません。

生死に分かたれた男女の悲しみ（というのは、陳腐なようでも、やはりドラマの永遠のテーマであると、わたしは今でもそう思っています）が胸にこみ上げてきて、梨木さんが愛おしく、生まれてこのとき初めて、わたしはみずから積極的に、微弱ながらも、良心が疼くのを自覚しました。

良心とはすなわち、愛です。

邪悪な恋などではない、清らかな愛です。なんて寂しい、愛。愛とは、なんて寂しいものなのでしょう。ああ愛。こんなに愛しているのに、その対象を失ったわたしは、ただひたすら、寂しいのです。寂しさから逃れたくて、警察の別の人による何度目かの事情聴取を受けているときには、いっそ、わたしを殺人の容疑者にして、刑務所に送ってもらえたらいいのにとすら、思っていました。梨木さんが生き残って、わたしが死ぬべきだったのに、と。

寂しい、ひとつ。

寂しい、ふたつ。

寂しい、三つ。

寂しい、四つ。

寂しい、五つ。

死ななかったわたしも寂しければ、死んでしまった梨木さんも寂しい、いったいどれほどの寂しさがこの世界には満ちているのだろうと、点滴を受けながら、灰色の天井に付いた染みの数をかぞえながら、そんな埒もないことを思っていました。

染みは六つ、あったと記憶しています。それが「睦朗さんの六つだわ」と思って、わたしはまた、体中の細胞を絞り上げるようにして泣いた、そういう記憶による「六つ」なのですから、これはなんともおセンチなお馬鹿さんとしか言いようがありません。

夕方、知らせを受けて郷里から飛んで出てきた父親（母は来ませんでした）は、同様に知らせを受けて郷里から出てきた梨木さんの両親に「とんでもないことをしてくれた。うちの娘の将来をめちゃくちゃにしてくれた」と、食ってかかっていました。

「お言葉ですが、今回のことはあなたの娘さんにも責任があるのではないですか？　生真面目なうちの息子は、そそのかされて……」

「いい加減にして下さい。うちの娘にどんな非があると……」

「手前どもの息子は死んだんですぞ。死者に敬意を払うというお心はないのですか？」

そんなやり取りを雑音のように聞き流しながら、わたしは、病室の窓の外に広がっている真冬の夕焼けの空を、ぼんやりと眺めていました。

遠くの方に、ピンク色に染まった雲が浮かんでいました。

そのあたりの空には、強い風が吹いているのでしょう。

雲は風に流されて、どんどん形を変えてゆきます。

寂しさとは、あの風のようなものだと、涙に濡れて、わたしは思っていました。

今のわたしには、その考えは正しいと認識できます。わたしが終生、手なずけることのできなかった寂しさは、あたかも暴風のようなものです。風とは、単に、空気の動きに過ぎません。風そのものには、実体がないのです。それなのに風には、雲の形をやすやすと変えてしまえる力があります。暴風には、木を倒し、家を倒し、町や山を破壊する力もあります。寂しさもまた、暴風のように荒れ狂って、人の人生をがらりと変えてしまうことがあるし、あるいはまた、木の葉を一枚だけ、そっと舞い散らせるだけの、そよ風のようなもの（それこそが恋、でしょうか）によっても、人の人生はすっかり様変わりをさせられてしまうことがあるのです。

でもそのときは、そこまで明快に、悟っていたわけではありません。

ただ、寂しさとは風のようなものだと、言葉だけで、そう考えていました。そう、言葉遊びをするようなつもりで。死に損ねた女の、不完全な死体であったわたしはそのとき、何かいっぱしの悟りのようなものを得たような、錯覚に陥っていたのでしょう。泥沼の中で溺死した梨木さんと違って、わたしはただ安穏と、爆睡していただけに過ぎなかったのに、死に近づいていたわけでもないくせに、生意気に。

やがて、空の彼方では風が止んだのか、雲がひとつの形を創って、一ヶ所に留まっているのが見えました。その雲の形が何かを彷彿させているのですけれど、すぐには、わかりませんでした。あれは、いったい、なんなのだろうと思いながら、眺め続けているうちに、気がつきました。茜色をした雲は「女」という文字から、横一の棒の抜けた形をしていたのでした。

第三の手記

一

百合絵の予言の、ひとつは当たり、ひとつは、はずれました。男を泣かす女になるという、名誉ではない予言の方は、当たりましたが、きっと作家になれるという、祝福の予言は、はずれました。

わたしは、わずかに、粗悪な雑誌の、無名の下手な雑文書きになることができただけでした。

梨木さんとの無理心中事件を起こしたあと、わたしは何食わぬ顔をして大学へ通い、最低の成績ではありましたけれど、卒業証書を手に入れることができました。小心者であった両親は、周囲の視線を気にするあまり、わたしにとって非常に有り難いことに「以後、何年間かは、郷里へは顔を出さないように」と、きつく言い渡してくれました。渡りに船のような勘当でした。死ねなかったわたしにとって、死よりも恐ろしかったのは、怒り心頭に発した両親によって、郷里に連れ戻されることでしたから。

あわてて駆けつけてきた病室では、目に涙を浮かべて、

「しばらく家でのんびり静養するといいよ。うちにはおまえの部屋はあるんだし。元気になってからまた復学すればいい」

などと、優しい顔で言っていた父は、郷里に戻って、母から何かを言われたのでしょうか。きっと、世間体が悪いとか、弟の将来に悪影響を及ぼすとか、そんな小言をがみがみと並べられたのでしょう。

「帰ってくるな。とにかく、当面のあいだは、帰ってくるな」

そのあとの電話では、それればかりをくり返していました。

人間というものは、あるいは、親というものは、こんなにも簡単に、それこそ手のひらを返すがごとくに変化できるものかと、あさましく、いや、むしろ滑稽に思われるくらいのひどい変わりようでした。けれども、それがわたしにとって渡りに船であったのは、先にも書いた通りです。

「世間がおまえを許さないだろうから」

世間とは、いったい、なんのことでしょう。人間の複数でしょうか。どこに、その世間というものの実体があるのでしょう。けれども、何しろ、強く、きびしく、くり返し「世

間が許さない」と言われて、ふと、

「世間というのは、あなたたちじゃないの？」

という言葉が舌の先まで出かかって、しかし父を怒らせるのがいやで、引っ込めました。

とにもかくにも、辛くも大学を卒業したわたしは、京都府と滋賀県のちょうど境目にあった町の、零細出版社に職を得ることができました。

堀木《ほりき》出版。

出版社とは名ばかりで、出しているのは主に、関西一円の病院向けに編まれた、医療器具のカタログ、医師の名簿、その他、病院長に頼まれて提灯記事ばかりを載せた小冊子、復刻した医学年鑑の類いです。どす黒いコンクリート造りの、昼間でも蛍光灯の光が必要な、マンションとは言えないようなマンションの一室で、女性社長と五、六人の編集者と営業マンがひとり、デスクを寄せ合っているだけの事務所で、わたしは編集総務を担当することになりました。

編集総務という職名も名ばかりで、仕事の内容は、お茶汲み、コピー取り、封筒の宛名書き、掃除、洗い物、買い物、荷造り、発送、電話の受け答え、簡単な経理などです。午後三時近くになると、近所の和菓子屋までおやつを買いに行くのも、重要な仕事でした。それまで、そういった雑務を一手に引き受けていた人が辞めたばかりで、急遽、雇われたのがわたしだったのです。

この会社を紹介してくれたのは、スナック「姫ひまわり」の経営者でした。かつて共犯関係を結んでいた彼はなぜか、わたしのことを忘れずにいてくれたのです。

出版社の社長とは、

「堀木ちゃんとは、高校んときの同級生でな、ま、腐れ縁の仲や。鮒寿司みたいなクサいクサい関係や。わははははは」

とのことでしたけれど、この言葉の真意を、すなわち、鼻を突くような異臭、とも言っていいような臭い臭い（くさいにおい、と読んでいただけると幸い）を、わたしは遠からず、顔を彼女の陰部にぐりぐり押しつけられるかのようにして、嗅がされることになります。

この女の人の名前は、堀木アヤメと言います。

社内では「アヤメ社長」と呼ばれていました。彼女がそう呼ぶように仕向けていたからです。

わたしは、大学の就職課で見つけた求人広告のうち、十五社に履歴書を送っていましたけれど、十五社すべてから「残念ながら、このたびは……」という手紙を受け取っていました。だから、アヤメ社長はわたしにとって、救世主のような存在だったのです。

就職面接のときの、彼女の言葉が印象的でした。

「いろいろと難儀なこともあったようやけど、その分、人間ができてるようにお見受けしたわ。これからいっしょにがんばりましょうね。うちの会社の屋台骨になってくれはったら幸いやわ」

おそらく、スナックの経営者から、醜聞のことはある程度、聞かされていたのでしょう。わたしの名前こそ出ませんでしたけれど、梨木さんの名前は、地元の新聞には出ていました。「借金と校内での過失を苦に自殺。元小学校教員、女子大生を道連れに」などという見出し付きで。

能天気なわたしは、アヤメ社長の温情というか、情けというか、そのようなものにいたく感動し、一時期は、長年の女性嫌悪や女性不信から解放されていたほどです。世の中には、困っている人や悩んでいる人に対して、無条件の同情心を注げる女性もいるのだと。とはいえ、わたしは特に、困っても悩んでもいませんでした。ただ、世間の人たちの目にはそういう女として映っているのだろうな、という自覚があった、ということです。

とはいえ、彼女がまんざら同情だけで採用したのでもなさそうだったのは、

「うちも近々、新しい雑誌を創刊する予定やし、秋山さんにはぜひ、主戦力になってもらいたい思うてるの」

というような言葉からも推察できました。

彼女はわたしの内面に、あるいは、無意識の領域に消えずに残っている「いつか何者かになってやる」という野心のようなものを、嗅ぎ当てていたのでしょうか。同じ女として、

ある種の女の放つ独特なその匂いを。

入社して数ヶ月後くらいだったか「重要な話がある」とアヤメ社長に誘われて、ふたりで飲みに行き、居酒屋のカウンターに並んで座っているとき、

「どうなんや？　秋山さんには、将来の希望、夢、みたいなものがあるんか？　うちみたいなところで、いつまでも燻っているつもりやないやろ？　まさか、結婚して幸せになりたい、誰かの奥さんになりたいなんて、あんたは言わへんやろ？　そんなしょうもない女の子とは違うやろ？」

と、問いかけられたことがあります。

わたしはその頃はまだ、アヤメ社長を全面的に信頼（恐ろしい言葉です）し、慕ってもいましたから、とっさに正直な答えを返しました。

「はい、実はわたし、将来は物書きになれたらいいかなぁって」

作家という言葉は、おこがましくてとても口にできなかったので、そんな言い方をしました。すると彼女は、手にしていたビールのジョッキを、ドン、と音をさせてカウンターの上に置くと、したり顔でこんなことを言ったのです。

「やっぱりな、そうやったんやな。あたしはな、秋山さんには、うちみたいな会社で埋もれてしまう人とは違う、何かがある思うてたんや。そうか、そうか、そうやったんか」

そして、そのあとに、彼女はこう続けました。

「これからは、雑誌記者の仕事を毎月、回すから、うちの仕事を文章修行やと思うてやってみて。及ばずながら作家になれるお手伝いができたら、光栄やわ」

「ありがとうございます」

アヤメ社長に向かって、小さく頭を下げながら、わたしはそのとき、背筋を凍りつかせていました。あたかも、切り立った崖のふちに立っている自分の背中を、うしろから自分で押して、まっさかさまに落ちていくような気分でした。ああ、なんてことを、わたしは言ってしまったのだろう、こんな薄汚れた居酒屋の片すみで、女を賛美しているのか、馬鹿にしているのか、わからないような歌詞の歌を有り難がって歌っている女性演歌歌手の、眉間に寄った皺が目に浮かんでくるような曲が流れている中で「作家になる」という、わたしの、高邁な、孤高の目標を唇のあいだから、うっかり滑らせてしまったわたしは、もう絶対に、作家になどなれないのだと、半ば確信してしまったのです。たった今、ここで、口にしたから、なれないのです。口は災いのもと、なのです。黙っているべきだったのです。黙って、男のセーターでも編んでいるべきだったのです。

アヤメ社長は、そんなわたしの、意味も根拠もない絶望など知る術もなく、満月に筆で目鼻を付けたような顔をわたしに向けて、

「大事なこと、打ち明けてくれておおきに。誰にも言わへんし、安心してたらええで」

まるで重大な秘密か何かを共有したかのような、不気味な笑みを見せたのでした。

それだけでもじゅうぶん、わたしの未来は不吉な予感に包まれていたわけですけれど、そのときのわたしに、どうしてそこまで推し量ることができましょう。

創刊されたばかりの月刊雑誌の名前は『健康安心ライフ』と言いました。

さまざまな年代の市井の人に電話でインタビューをして「風邪には生姜が効く」「大根おろしの汁は熱冷ましになる」「朝、起きぬけの尿を飲めば、癌が治る」「体の痒みは、よもぎで撃退」などなど、素人が経験談を語る、いわゆる民間療法を紹介する雑誌です。いずれも、医学的な裏づけに乏しく、巷では「健康まやかしライフ」などと悪口を言われていたこともある、ちゃんちゃらおかしい、陳腐きわまりない雑誌でした。けれども、そんな雑誌でも、買う人はいるし、すがる人もいるようで、高齢者を中心に、思いがけずよく売れて、事務所は、傾きかけたマンションから、国道沿いに立っていた、りっぱなマンションに移ることができました。

わたしは雑務のかたわら、せっせと電話をかけて、せっせせっせと記事を書き、アヤメ社長曰く「文章修行」に精を出していました。そのかたわらでわたしは『文芸銀河』という名前の文芸雑誌に、詩を投稿するようになっていたのです。

梨木永遠《とわ》という、少女趣味としか言えない、ふざけ切った匿名（ペンネームという言葉を使うのもおこがましく感じます）で、亡くなった梨木さんに捧げたつもりの、おセンチな詩ばかりを書いていました。

たとえば、こんな詩。

信じたいもの

そのひとの名前を
書き始める前の緊張
白い紙の上で
立ち止まる気持ち

なぜあなたはひとりで
逝ってしまったの

世界中の雨が上がった
直後のような静けさの中で
そのひとの名前の
最初のひと文字を書く

なぜあなたはここに
戻ってこないの

信じられないのに
信じたいもの
それはこの瞬間
余白の白い海の中へ
私から剝がれ落ちてゆくもの

なぜ詩だったのかというと、それは、掌編にせよ、短編にせよ、長編にせよ、きちんとした小説を最初から最後まで書くだけの能力と、まとまった時間と、集中力がなかったからです。何度も挑戦したけれど、だめでした。原稿用紙を埋めていく、自分の文字が疲れてだんだん下手になっていくのを見ているだけで、そこから小説が崩れ落ちていくようなのです。その点、詩なら、思う存分、推敲を重ねて、いじくり回しているうちに、なんとか体裁が整ってきます。

わたしの書いた詩はときどき「今月の佳作」の欄に、タイトルと名前だけが載ることもありました。けれど、入選して掲載されたことは一度もありませんでした。

けれども、わたしは本気でした。

いつか、書いてやる、と、本気で思っていました。

いつか、梨木さんとのあいだに起こった、起こした一部始終を小説に書いて、この世に名乗りを上げてやる、と。

当時、自身の堕胎経験をそのまま書いて、新人賞を取りデビューした、二十代の女性作家がいました。わたしなら、堕胎よりももっとセンセーショナルな作品が書けるはずだと思っていました。あるいはまた、インタビューに応えて「小説家になるために結婚した」と言って憚らない、新人女性作家もいました。つまり、いつ、お金になるとも知れない原稿を、好きなだけ書くためには「夫の稼ぎと生活の安定が必要だから」と言うのです。小説と結婚するために、男を道具に使った打算的な結婚、と言えるでしょうか。わたしもそういう結婚ができたらいいな、と、ちらりと邪悪な考えが胸を過《よ》ぎったことを、ここに告白しておきます。ただ「ちらりと」でした。わたしはむしろ、そういう打算的な考えこそが邪悪である、ということを、ここに記しておきたいだけなのでしょう。

ことほどさように、小説に関して言えば、わたしは極めて潔白だったと言えます。

切に思うことは必ず遂ぐるなり。強き敵、深き色、重き宝らなれども、切に思う心ふかければ、必ず方便も出来る様あるべし。是れ天地善神の冥加もありて必ず成ずるなり。

梨木さんの本棚から、形見として持ち出してきた一冊の本『正法眼蔵随聞記』の中に、こんな文章を見つけたとき、わたしはひとりで顔を、燃えるくらい赤くしました。赤ペンを握りしめて、ぐいぐい線を引っ張りました。こう在りたい、こうで在りたい、これがわたしの目指す道だ、と、本気で思っていました。これまで生きてきた時間は、このために、切に思うことのために在ったのだし、あの経験もあの経験も、今のこの経験も、きのうの経験も、あしたの経験もすべて、未来にそれらを書くためのものであるのだ、と。梨木さんのためなら、この身を悪魔に捧げてもいい、売春婦となり体を売ってもいい、とさえ思い詰めていたわたしは、その切羽詰まった思いを含めて「すべては書くためであった」と、言い切れるほどの図太さを身につけていた、ということです。

そんなわたしの目の前に、ある日「うじゃうじゃ難しいこと考えんと、俺といっしょにならんか」と、言い放つ男が現れました。

心中未遂事件から数えれば、二年ほどのちのことになりますでしょうか。

「人生ちゅうもんはな、楽しむためにあるんじゃ。うまいモン食べて、寝て、くっついて、いちゃいちゃして、おもろいことだけして、生きていったらエエんじゃ」

米田《よねだ》良夫《よしお》。

詐欺まがいの気休め雑誌がよく売れて、堀木出版が引っ越しをしたぴかぴかのマンション。その地下に店を出していた、洋食レストラン「サンルイ」のコック。年はわたしよりもひとつ上。出身は広島県北の田舎村。農家の三男坊だったか、四男坊だったか、愛読書は漫画で、活字の詰まった本など読んだこともないと、胸を張って言うような人。彼はわたしが「サンルイ」にランチやディナーを食べに行くたびに、へらへら笑いながら、わたしを誘うのでした。

「秋山さん、茶ーのみに行こ」

「秋山さん、今晩、一杯だけ、つきおうて」

「秋山さん、コロッケ一個、特別にサービスしとくわ」

「秋山さん、いっしょに帰ろ、お手手つないで帰ろ」

当時、わたしが住んでいたのは、京都市と大津市の境にある町で、良夫も偶然、同じ町に住んでいたので、わたしが会社で残業をして、夕飯を食べに行くと、決まって「いっしょに帰ろ」と言うのです。

「店が終わるまで、喫茶かどっかで待っててて」

彼は車が趣味で、自分で改造したという自慢の車に乗っていました。車種は覚えていません。エンジン音がやたらにうるさい、白い、スポーツカータイプの車で、車に乗るときには靴を脱いで乗るようになっていて（彼がそう決めていた、ということです）わたしにとって、それはとても面倒な決まりでした。

「なんで、靴まで脱がないといけないの？」

「車の中は、家の中とおんなじじゃけん」

「めんどうくさいなぁ、もう」

「まあ、そう言わんと」

それでも、良夫といっしょに帰るのは、楽しかったのです。車の中で交わす会話は、笑いに満ちたものでした。くだらない冗談、くだらない洒落、くだらない話題。それが楽しかったのです。関西弁にときどき混じる広島の方言。それもわたしの耳には心地好く響きました。

「本なんか読んでて、なんかおもろいことでもあるんか？」

「現実では味わえないような、おもしろいことが書いてあるのよ」

もしもこんな男といっしょになったなら、面白おかしいユーモア小説なんかがすらすら書けるようになるのかもしれない、と、ちらりとそんなことを思いました。世知辛い世の中のその大半を占める雑事と、生活にも人生にも疲れている人々は、心中事件をテーマにしたおどろおどろしい小説よりも、使い捨ての紙コップみたいに軽い気分になれる阿呆らしい作品を求めているのではないか、などと。

「へええ、現実では味わえんような味なんか？　それ、どんな味じゃ？」

「米田さんのお料理みたいな味よ」

「なんや、それやったら、現実の味やないか?」

「味を字で書いてあるのが文学なの。だから味があるの」

「ああ、頭の中が痒くなる。これやから、インテリは味気も色気もないんじゃ」

彼といっしょにいると、わたしは心から、くつろぐことができました。なぜなら、良夫という男は天真爛漫を絵に描いたような人で、月並みなたとえで能がありませんけれど(作家を目指していたこともあるというのに)太陽みたいな男だったからです。

いつだってきらきら輝いている、というか、地上は曇っていても、雲の上には太陽があるということを証明するかのごとく、良夫のまわりだけはいつも、晴れていたのです。わたしとはまるで正反対の性格で、言っていることと思っていることが完璧なまでに一致していて、邪気がなく、裏がなく、嘘がなく、まっすぐで、馬鹿と言えば馬鹿、いい意味で、馬と鹿みたいに純朴で、太陽は東から昇って西に沈む、昇れば朝が来て沈めば夜が来る、というようなこと以外には、ほとんど何も考えていないような、単純明快、かつ、あっけらかんとした人のように見えていました。

高校を出たあと集団就職で大阪へ出ていき、伊丹空港のレストランで一日中、朝から晩まで玉ねぎの皮むきばかりをしていた、先輩に殴られながら仕事を覚えていった、といったような下積みを経た苦労人、だったにもかかわらず、いいえ、そのような苦労があり、辛酸を舐めた経験があったからこそ、なのかどうかは、わかりませんけれど、とにかくわたしの目の前に現れたのは、曇りのない鏡であり、黒点のない太陽だったのでした。

この人に照らされている限り、わたしも明るく、正々堂々と、前を向いて生きていけるのではないかと、錯覚してしまうに足りるほどの太陽のもとで、作家になるという邪悪な夢など忘れ去り、きちんとした、まっとうな現実というものに即して、堂々と、自信を持って、生きていけるようになるのではないかと、わたしは、教科書に書いてある文章を朗読している小学生のように、彼を信じることができたのです。

「なあ、秋山さん、俺とデートして。楽しいこと、いっぱいしよ。ひとりより、ふたりの方が楽しいじゃろ。楽しいこと、経験さしてあげるけん。嘘は言わんけん」

「楽しいことって、どんなこと?」

「こんなことじゃ」

そう言いながら、夜道でいきなり抱き寄せられて、キスをされたときにも、わたしは悪い気はまったくしませんでした。

初めての長いキスが終わったあと、良夫は「きらきら笑顔」で、言ったものです。

「あのな、キスするときにはな、上の歯と下の歯はしっかり閉じて、唇だけ少し、ゆるめとくのがエエんじゃ。おまえみたいに、歯をがーっとあけとったら、なんや、馬とキスしとるみたいじゃが」

いつのまにかわたしは「おまえ」になっていて、なおかつ、その呼ばれ方はわたしの琴線に触れました。まさに、お馬鹿な（いい意味でこう書いています）男に、お利口な女の壺を押さえられてしまった、という感じです。

一直線で公明正大な男の舌で口の中を掻き回されて、曲がりくねった、よこしまなわたしは体の中心を、だらしなく濡らしていました。同時に「小説家」がわたしの内面で、乾いたなめくじのように小さく、小さくなって、干からびていくのがわかりました。梨木さんとのあれこれに懲りて、それまでずっと近づくのを我慢してきた、いえ、遠ざけてきた、恋、というものが体内で目覚めた、という感じもしました。

恋は、種のようなものです。条件が揃えば、発芽します。それ以降、良夫に会うたびに、体のどこかに触れられるたびに、わたしの下半身はふにゃふにゃになって、力が入らなくなってしまうのでした。これが恋、でなくていったいなんでしょう。

また、恋というのは元来、性欲と共に芽生えて、その消滅と共に消えるものなのです。それが永遠に続くと思って、恋した人と恋愛結婚などするから、世の中の多くの人たちは「こんなはずではなかった」と、結婚に失望するのです。しかしながら、それでもある種の人々は結婚します。

わたしも例外ではありませんでした。

良夫（また、なんという、彼にぴったり名前を、良夫の両親は彼に与えたのでしょうか）とわたしは、つきあい始めてから半年ほどのちに、結婚しました。

朴訥を絵に描いたような、良夫の両親の願いは、ただひとつ。費用はすべて負担するから、結婚式と披露宴を広島の生家で挙げてくれたら、あとはもう、ふたりで好き勝手に暮らせばいい、ということでした。家業の農業は長男夫婦が継いでおり、次男夫婦も地元にいて、家は安泰なので、むしろ、三男や四男は家から離れたところでやっていって欲しい、ということでした。明治の頃だったでしょうか。日本の農家の次男坊以下がつぎつぎにアメリカに移民したのも、同じような理由によって、ではなかったでしょうか。

「うちのどら息子のもとに、こんな別嬪の学士さまが嫁に来てくれるとは」と、良夫の父親は言いました。学士とはまた、よく言ったものです。大学の正門から入って、裏門から出ただけで、なんの学もないわたしに対して。

一方のわたしの両親は、わたしみたいな「傷物」の娘をもらって下さる人がいるだけで有り難く思わなくてはならない、とでも思っていたのでしょう。「良夫様は神様です」と、言わんばかりの崇めようで、米田家に対しては、結納の段階からひたすら平身低頭の卑屈な状態で、結婚式ではすみっこの方でひたすら縮こまって、田舎独特の長々とした宴会が終わるのをじっと我慢の子で待っていたようでした。

こうしてわたしは、まわりの人たちから祝福されて、良夫の妻になったのです。

良夫の妻。良夫の奥さん。妻。人妻。家内。女房。

いずれも、心がふるふる、ふるえるような響きを持った言葉です。

「奥さん、ここに印鑑を」

と、書留を配達しに来た郵便局員から言われるだけで、わたしは心をふるわせていました。おまけにそれは、良夫に届いた郵便なのです。それを受け取る資格がわたしにはある、というわけです。

人の妻になったからには、これからは電車の中で仮に痴漢に遭っても、わたしの体は汚されることはないのだ、というような、おかしな自信。夫以外の男からは性行為を要求されずに済む、性の対象から外される、というような、おかしな安心感。おかしな自信とおかしな安心感を、おかしくないと思わせてくれるだけの言葉。それが人妻であり、奥さんであったのでした。そうして、妻という言葉には、わたしの寂しさを埋め尽くしてくれるだけの力がありました。そうなのです、良夫と結婚し、その結婚がうまく機能しているあいだは、わたしはあの、言い知れぬ、訳もない寂しさを感じることはなかったのです。

妻とはなんと幸せな生き物なのだろう、と、わたしは毎日、朝から晩まで、酔い痴れるように、そう思っていました。洗濯機を回しながら、洗濯物を干しながら、空を見上げて口笛を吹いていました。愛人でも恋人でもなく、わたしは、妻なのです。自分がこんなにも世俗的な女であったとは、驚きでした。妻になったわたしは、それだけで幸せで、それだけで、世間に対して、水戸黄門の印籠を手にしたような心持ちになっていたのです。妻曰く、世間、恐るるに足らず。

妻を妻たらしめているのは、なんでしょうか。

結婚です。

結婚。法律的な結婚。夫婦。夫妻。配偶者。連れ合い。家内。身内。

なんてかっちりとした、なんて安定感のある、素敵な言葉なのでしょうか。まるで三段重ねの重箱のような言葉ではありませんか。箱の縁と縁を合わせれば、かちっと収まるような言葉たち。重箱の中には、色とりどりのおかずやご飯に相当する言葉たちがこれまたかちっと、収まっています。玉子焼きのような愛。ほうれん草の胡麻和えのような夫婦愛。鯖の塩焼きのような愛の結晶。沢庵のような永遠の愛。

梨木さんとの同棲とは違って、良夫としたのは、本物の結婚なのです。偽物ではなくて、それは本物の結婚でした。籍を入れて（いやな言い方ですけれど）わたしは秋山葉湖から、米田葉湖になりました。米田と葉湖の組み合わせは、あんまり美しくない、と、実はそう思っていました。山と湖の方がきれいなのです。秋と葉っぱの方がきれいなのです。田んぼと湖は、合いません。田んぼには、池がふさわしいのです。米と葉っぱも合いません。米には穂とか、稲とかがふさわしいのです。ふさわしい名は、たとえば、米田イネ、米田久子、米田瑞穂、米田栄恵などでしょう。けれども、好むと、好まざるとにかかわらず、この名字は妻としての象徴でもありましたから、わたしは嬉々として「米田」を名乗りました。わずか二年足らずの期間ではありましたけれど、それは本物の結婚だったのです。

本来、結婚には、本物も偽物もありません。すべてが本物であり、すべてが偽物なのです。結婚とは、国民の数を増やさなくては立ちゆかなくなる国家が国家のために必要だから、という国家の都合により取り決めた、つまらない制度に過ぎません。結婚とは、制度です。ですけれど、その中で、その制度のもとに、実際におこなわれていることは、男女の営みです。男と女が為すことですから、これはもう、過ち以外の何物でもないでしょう。この場合、男と女は、男と男でもいいいし、女と女でもかまいません。男女とわたしが書いているのは記号としての男女に過ぎず、要は人間と人間の結婚、と言いたいわけです。人間同士が為すことだから、その行為自体が過ちである、と、わたしは言いたいわけです。

そう、結婚とは、本物の、正真正銘の、過ちなのです。結婚とは、確信犯であり、罪であり、罰なのです。しかしながら、実際にしてみなければ、結婚がなんであるかなんて、そんなことは誰にもわからないでしょうし、気づくこともできないでしょう。何事も経験です。あるいは、わたしは将来、このことを書くために結婚した、とでも言いたいのでしょうか。作家として、何者かになるために。

それともわたしは、本気で幸福を求めていた、ということなのでしょうか。まるで求道者のように、幸福を。あれほど恐れていた世間、あれほど忌み嫌っていた人間を信じて、幸福を追求し、手に入れようとでも、思っていたのでしょうか。葛藤で葛藤を切り、欲望で欲望を斬れば、そこには本物の幸福がある、とでも。それとも、作家になりたいがための、打算に満ちた幸福追求であったのでしょうか。

作家。

ああ、しかし、わたしはその頃、大きな歓楽も、また、大きな悲哀もない無名の雑文書きに過ぎませんでした。「作家とは」「作家とは何か」「作家の仕事とはどんな仕事なのか」などと、考えたことすらないような、それ以前に、およそ小説というものを読んだことすらない男と結婚していたわたしは、いかに大きな悲哀があとでやってきてもいいから、書けば文学になり得るような、もっと荒っぽい、もっと野生的な、もっと邪悪な、悪魔的な歓楽が欲しいと、ふっと心に芽生える焦りを認めながらも（乾いたなめくじは、乾いてはいましたけれど、死に絶えてはいなかったようです）その焦りを黒いマジックインキでぐりぐり塗りつぶすかのようにして、良夫と無駄話をし合い、和気藹々と笑い合い、毎日、おいしいものを食べ、いちゃいちゃし、楽しく笑って過ごすことだけに一意専心していたのです。

幸せでした。

幸福でした。

結婚とは、妻とは、なんて幸せなものなのだろうと、時計の一秒、一秒がシ・ア・ワ・セを刻んでいました。心が肉体を幸せで切り刻み、切り刻まれた肉体の破片を貼り合わせて、心は幸せのパッチワークを創り上げていくのです。幸せの針、ひと針、ひと針を刺して、縫い合わせていくのです。シ・ア・ワ・セと。

ここで、思い出して下さい。わたしはこの手記のどこかに書いています。自分でその部分を探し出して、読み返すのも空おそろしいことですけれど「幸福とは常に、諸刃の剣なのです。幸福は人を有頂天にさせておいて、一気に奈落の底に突き落とします。幸福をあなどってはなりません。幸福を侮る者は、幸福によって傷つき、ときには、殺されるのです」と、わたしはどこかに書いているはずです。人が書いたことはたいてい、あとでその通りになります。作中に銃が出てきたら、その銃はあとで必ず使用されなければならないと書いたのは、チェーホフだったでしょうか。あれと同じです。

幸せとは、幻想です。今のわたしには、わかっています。幸せとは、大きな窓と小さなドアの付いた小さな家を建て、建てたばかりの家なのになぜか古い暖炉が付いており、庭には虫の付きやすい真っ赤な薔薇と、春先だけに花を付けてすぐに茶色く枯れる白いパンジーを植え、部屋には下品なブルーの絨毯を敷き詰め、絨毯の上では子犬が遊んで泥の汚れを付け、家の外では幼い男の子が遊んでいて、子犬のそばにも、息子のそばにも、なぜか同時に「あなた」がいて、なおかつ女は、そのあなたのそばでレース編みをしている、というような、まさに不可能が可能になったような、奇っ怪な奇跡のようなものなのです。そうして、そのような、ありえない舞台装置が完璧に整っていても、肝心のあなたはどこにもいない、それが幸せというものなのです。

日々の幸せに浮かれながら、わたしはチクタクチクタクと、詩を書いていました。詩もまた雑文に過ぎません。ちまちました言葉を植えて、じょうろで水をやって、感傷的な花を咲かせていたようなものです。

私の家

国道を渡って
五条別れという名の
細い路地に入れば
そこは静かな
静かな場所になる

私の家があります

朝は
家の前の小道を
保育園の子どもたちがマラソンする

二階からは
テニスコートでラケットを振る
白い体操服の高校生の姿が見える
南向きの大きな窓からは
季節のかおりを
風が運んでくる
よく磨いた床を
素足で歩くのが私は好きだ

子どものころに弾いていた
古いオルガンが置いてある
遠く　近く
列車の音が聞こえる
庭にはつぎつぎに花が咲き
夕方には月が訪ねてくる
オレンジ色の私たちの家に

あなたが帰ってきます

良夫の親が出してくれたお金を使って、結婚後、わたしたちはアパートから借家に引っ越しをしました。二階建てで、庭付き車庫付きのその家は、二軒続きで背中合わせのテラスハウスになっていて、片方の家の壁の色はグレイで、もう片方は、黄土色でした。その黄土色の壁の家がわたしたちの新居であったわけですけれど、黄土色の壁を「オレンジ色」と表現したくなるほど、わたしはその家が気に入っていました。玄関の前に設えられた花壇（赤い薔薇と白いパンジーではなくて、そこには、大家さんの植えた寒椿や石蕗や秋海棠や雪の下などが地味な花を咲かせていました）と、枸橘《からたち》の木と、それらを取り囲んでいる白いフェンスが若いふたりの幸せを、守ってくれているように見えていました。

引っ越しから数ヶ月後、良夫はマンションの地下にあったレストラン「サンルイ」から、京都市内にある一流ホテルの厨房に、引き抜かれて転職し、給料も上がって、もちろん借金などあろうはずもなく、わたしたちはまあまあ豊かな暮らしをしていました。わたしはわたしで、サンルイ時代に夕方から夜にかけて仕事をしていた良夫と、すれ違いの生活を送りたくなかったから、堀木出版を辞めて、学習塾で働くようになっていました。

良夫は、夫として、本当に申し分のない人で、家事もこまめにしてくれるし、家で食べる料理まで作ってくれるので、そうして、コックだから何を作らせても本当に上手で、こんなに恵まれた生活をしていていいのだろうか、と、一抹の不安を覚えるほどでした。「今、幸せ?」と誰かから訊かれたら、否、訊かれなくてもわたしは「はい」と、返事をしたでしょう。その頃に書いた詩は、こんな代物です。

返事

となりの部屋から
あなたの声がする
私に何か
話しかけている
洗い物をしている私には
水の音でそれがはっきりと
聞こえない
あわてて水を止めたけど
やはり聞きにくく

あなたの声がしている

とても明るく
とても楽しそうな声だと
そのことだけわかる
声の響きでわかる
声のリズムでわかる
きっと笑顔で話している
きっと何かいいことがあった

なんと言っているのか
どんな話なのか
とうとう最後までわからずに
弾んだあなたのその声に
私は大きく「はい」と
返事だけをした

良夫の将来の夢は、自分のお店を持つ、ということでした。ふたりで貯金をして、北海道で安い土地を買い、そこにペンションを建てて、泊まり客に朝夕の料理を出せたらいいなぁと言うのです。宿泊客のお世話は、妻のわたしがする、というわけです。

「葉湖は、サービス業には向いとる思うよ」

「そうかなぁ」

「愛想はエエし、美人じゃし、よう気がつくし、他人にはいっつも気をつこうとるし、エエ女将さんになれる」

良夫という人は、わたしの本性をまったく理解していないのです。愛想がいいのも、よく気がつくのも、必要以上に他人に気を遣っているのも、わたしの愛想はまったくよくなくて、まったく気がつかなくて、他人を恐れているからそうなっているのであって、わたしは所詮、人嫌いな、孤独癖の強い、自意識過剰な、いやな女なのだということなど、良夫にはまるで理解できていないのです。理解してもらいたいと、思ってもいませんでしたけれど。でも、だからこそ、わたしは、良夫という男が好きでした。わたしの本性をまるで理解できないような人だったからこそ、わたしは彼といっしょにいると、自分がまるで「サービス業に向いている、外向的で、優しくて、誰からも好かれる、好もしい女」でいられるような、そんな気がしてならなかったのでした。もちろん、こんなことは、幻想に過ぎません。しかし当時の良夫には、わたしが幻想を生きることのできる、わたしにそうさせてくれるだけの力があったのです。

言い添えておきますと、良夫の方こそ美男子で、恰幅もよく、気前も愛想もよく、他人にはいつもさりげない気づかいのできる、一流の人間でした（という風に見えていました し、一時期は事実そうだったのです）。美男子と言っても、優男ではありません。やくざ映画の『仁義なき戦い』に出てきそうな、男っぽい、粗野な感じのルックスをしていて、なおかつ、どこかに人の良さというか、上品さのようなものが漂っていて、育ちがいいというか、誰からも愛される人である、というか、くり返しになりますけれど、要はまっすぐな太陽男なのです。

肌寒い夜などには、

「ヨシくん、あたためてー。太陽に抱きつかせてー」

などと甘えた口調で言って、背中から、良夫に抱きついていました。

「葉湖の懐炉《かいろ》にされてしもた。よしよし、あたためたろ。来い」

彼は和洋折衷の創作料理が得意でした。料理だけじゃなくて、セックスも上手でした。料理と同じで、いろいろ工夫するのが好きなのです。メニューを考えるのが好きなように、ベッドの中でもあれこれ工夫して、新しいやり方を開発したりするのが好きなのです。わたしたちはいろいろと変わったことをして、交接を楽しみました。まさに、人生とは楽しむためにある、を、地で行っていたのです。

学習塾でのわたしの仕事は、午後一時から九時まで。良夫の仕事は、朝食時からランチタイムまでの週と、ランチからディナーまでの週とがありました。前者の週には、良夫は早朝四時には家を出て仕事場へ行き、午後は家で仮眠を取り、夜は塾まで車でわたしを迎えに来てくれます。後者の週には、午前中ずっと、ふたりでベッドの中で過ごしていました。言うまでもないことですけれど、まぶしい陽光に包まれて、創作セックスをするためです。

良夫は子どもを欲しがっていました。わたしは欲しくなかったので、絶対にできないようにエ夫していました。欲しいか、欲しくないかについての、突っ込んだ質問も、させないように仕向けていました。子どもについては、会話すら、したくなかったのです。まじめに会話をすれば、妊娠せざるを得なくなっていきそうな気がして。いいえ、会話することによって、妊娠するのではないかと、恐れていたのかもしれません。

あの頃、わたしはなぜ、あんなにも、子どもが欲しくなかったのか、誤解を恐れず正直に書いてしまうと、それは出産が恐ろしかったからです。出産という行為です。行為のすべてです。その始まりから終わりまで。妊娠はともかくとして、出産は醜く、恐ろしいものだと、いわば本能的な恐れのようなものを抱いていました。世の中の多くの女性たちはなぜ、あんなにも恐ろしそうなことを平気で、嬉々として、やってのけてしまうのだろうと、疑問を抱いてもいました。股のあいだから、別の人間を産み出す、という、あの血にまみれた行為を、わたしはしたくなかったのです。言ってしまえばそれは、怪我をしたくない、傷を負い、血を流したくない、痛い思いをしたくない、という思いと同じです。子どもじみた思いでしょうか。そんな理由で、子どもが欲しくないと思う女性は、いるのでしょうか。訊いたこともないから、わからないけれど、けっこう多くいるような気がしてならないのは、わたしだけでしょうか。

「なあ、葉湖、そろそろ子ども作らんか？」

良夫にそう問われて、ちょうどその頃、ふとしたきっかけで手にした、アウシュビッツからの生還を描いたノンフィクション作品の中に出てきた、陣痛が始まった妊婦の両足をロープでぐるぐる巻きにして、苦痛に顔を歪めている姿をみんなで笑って眺めているナチス、という場面を思い出し背筋をぞぉっとさせながらも、わたしは可愛く笑って答えていたものです。

「いやだよ。だって、わたし、ヨシくんとずっと、ふたりきりでいたいんだもん。それに、わたしの『ここ』は、ヨシくんだけのものだもん。ヨシくん以外の人は、通行禁止」

そんな風に言えば、良夫は喜んでくれるとわかっていました。

「そうか、葉湖はやっぱり、言うことがなんか違うなぁ。文人じゃなぁ」

結婚、という安定した居場所を確保したわたしは、また少しずつ、物を書き始めていました。でもそれは、作家になりたい、という野心からではなくて、ただ「書きたい」という純粋な楽しみのためであったようにも思います。野心もまた、安定した居場所を得た、ということでしょうか。

わたしが詩を書いたり、小説もどきを書いたりできるのは、前者の週の午前中だけです。朝、九時ごろに目覚めると、良夫はすでに仕事に出かけたあとで、ダイニングテーブルの上には、わたしのための朝食が用意されています。オーブンに入れて軽くあたためるだけで美味しく食べられるキッシュや、スパニッシュオムレットや、アメリカンマフィンや、スコーンなどが置かれていて、そのそばには手作りのジャムやマーマレード、そして、ポットに入った紅茶や珈琲（それがもう、飛び上りたくなるほど、おいしいのです！）まで用意されていました。

朝食をとりながら、わたしは鉛筆を握りしめ、原稿用紙の上に、詩もどきの雑文を書き綴ります。十二時五分前のバスに乗って職場に向かうまでの、隔週三時間足らずが乾いたなめくじ作家、あるいは、日曜文人のわたしの「執筆時間」だったのでした。

不思議な力

波のような力で私を包んでくれる
笑顔の中に傷は解け
あとかたもなく
痛みも取れる

そんな不思議な力どうしたの
生まれたときから持っているの
それともどこかで見つけたの

ただそこにあなたがいるだけでお陽さま
春まっさかり花は満開
きらきらと降りそそぐのは愛
そんな不思議な力どうしたの
生まれたときから持っているの
それともわたしに出会って見つけたの

小説とは何か、詩とは何か、などに興味もなければ、考えたこともない良夫に捧げる「ラブソング——愛する人に歌いたい」と名づけた一連の詩を、わたしはせっせとノートに書き綴っていました。

甘っちょろい詩を書きながら、その甘さに甘んじるかのようにして、わたしは次第に世の中に対して、人間に対して、生きていくということに対して、次第に、用心をしなくなっていきました。妻になった喜びと幸福によって「世間、恐るるに足らず」と思うようになっていたわたしは、さらに、それを稚拙な文字で稚拙に書き綴ることによって、甘くて稚拙な確信を得ていた、ということでしょうか。

世の中というところは、人間というものは、そんなに恐ろしいところではないし、恐ろしいものではないのかもしれないと、思えるようにもなっていました。つまり、これまでのわたしの恐怖感は、春の風にはウィルスが何十万、電車の吊革には黴菌が何十万、または、お刺身や生焼けの肉には、真田虫の幼虫や卵がうようよ、また、小さな切り傷から入り込んだ、ガラスの小さい破片が血管に入って体内を巡ったあと、最後は心臓に達して人は死ぬこともある、とかいう、いわば「科学の迷信」に脅かされていたようなものだったと、気づいたのでした。それは、確かに何十万ものウィルスが浮かび泳ぎうごめいているのは「科学的」にも、正確な事実でありましょう。と同時に、その存在を完全に黙殺しさえすれば、それはわたしとは微塵のつながりもなくなってたちまち消え失せる「科学の幽霊」に過ぎないのだということに、わたしは気づいたのです。お弁当箱に食べ残したごはん三粒。もしも一千万人が一日三粒ずつ食べ残せばそれは、十俵もの米を無駄に捨てたことになる、とか、あるいは、一日にティッシュペーパー一枚の節約を一千万人がおこなったならば、どれだけのパルプが浮き、どれだけの森林が守られるか、あるいはまた、駅のプラットホームと電車のあいだに空いている隙間に、毎日、乗客何人中の何人が足を取られて落ちているのか、などという「科学的統計」に、わたしはどれだけ脅かされてきたのかということに、ようやく気づいた、ということでしょう。人間がこわい、生きていくことがこわい、世間がこわい、ということはすなわち「科学の嘘」「統計の嘘」「数学の嘘」と同義語であり、三粒のごはんは集められるものではないのですから、それは不可能で低能な仮説に過ぎず、仮説を「科学的事実」として教え込まれ、それをまったくの現実として受け取り、恐怖していたときのうまでのわたしを愛おしく思い、笑いたく思ったくらいに、わたしは、人間社会というものの実体を少しずつ知ってきた、というわけなのでした。

けれども、そんなわたしに世間は、わたしの眉間をまっこうから割るような仕打ちをするのです。結婚から得た歓楽は、想像をはるかに超えて大きなものでしたけれど、そのあとにやってきた悲哀は、凄惨と言っても足りないくらい、実に想像を絶して激しく、牙をむき出しにした衝撃として、襲いかかってくるのです。

忘れも、しません。むし暑い夏の夕刻でした。その日、良夫の仕事は月に三度ある完全なオフの日で、それは平日で、彼はわたしのためにいそいそと朝食を作り、ベッドまで運んできてくれて、ふたりとも裸でそれらを食べ終えたあと、たっぷりいちゃついて、十二時を少し回ってから支度をし、車でわたしを職場まで送っていってくれました。

塾に小学生たちがやってくるのは四時半からで、一時から四時半までは、わたしたち講師は授業の下調べをしたり、雑務を片づけたりします。わたしの担当している授業はその日、中学生の部が始まる六時からでした。

わたしのバッグの中に、良夫の財布が入っていることに気づいたのは、午後二時半過ぎだったと記憶しています。休憩と称して、講師のひとりといっしょに近くの喫茶店へ行き、小一時間後、そこで支払いのためにバッグをあけたとき、気づいたのです。

「あっ」

と、わたしは声を上げました。

前の日の晩、塾まで迎えに来てもらって家に帰る途中でした。良夫は、ガソリンスタンドでガソリンを入れるために財布を取り出し、支払いを済ませたあと、ズボンのお尻のポケットに入れるのが面倒だったからなのか、助手席に座っているわたしに、横から「ちょっと、これ、おまえが持っといて」と投げて寄越したのです。わたしはその財布をバッグに入れたまま、家に帰ったあとで、取り出して良夫に渡すのを忘れていたのです。

これはすぐに届けてあげないといけないなと、なんの迷いもなくそう思いました。

財布の中には、免許証と銀行のキャッシュカード類が入っています。名刺大に切り取ったわたしの写真も入っていました。良夫は午後、車で買い物に行くつもりだと言っていたし、車関係の、わたしにはよくわからない高価な部品みたいなものも買いたい、というようなことも言っていました。そのためには、銀行へ行って、お金を引き出す必要もあるでしょう。スーパーマーケットで食材の買い物をどっさりして、レジで財布がないことに気づいたら、どんなに困るでしょう。

理由はさまざまありましたけれど、最も大きな理由は、やはりそこには愛があったということです。良夫が困らないように、愛する夫のために、届けてあげなくてはならないと、彼の愛妻としてわたしは、そう思ったのです。電話をかけて、届けて欲しいかどうかを尋ねるという選択肢は、ありませんでした。わたしがみずから進んで家まで、届けに行かなくてはならないと思っていたのです。それが真っ当な愛情の証である、と。

神に問う。愛情は罪なりや。

上司の許可をもらって、学習塾からタクシーを飛ばして家に着くと（タクシーには家の前で待ってもらっていました。良夫に送り返してもらうという方法もあったはずで、それなのに、運転手に「ここで待っていて下さい」と告げたのは、わたしの無意識が張った伏線のようなものだったのでしょうか）白いフェンスを押しあけ、玄関の鍵をあけ、家の中に入ると、靴を脱ぐのももどかしく、脱がないまま、まずは上がり框から、

「ヨシオー、ヨシくーん、いるのー？」

と、声を張り上げて呼びかけました。階段の上の方に向かって。

一階には人の気配がなかったので、ヨシオは二階にいると思い込んでいたのです。二階にはふたつの部屋があり、奥はわたしたちの寝室、手前の小部屋はわたしの書斎です。書斎には本棚と勉強机が置いてあり、わたしはそこで雑文書きに励んでいたわけです。本棚の一番下の段には、良夫の集めた車関係の本やレシピブックが押し込まれていて、良夫は

ときどきそれらを取り出して、ベッドに寝転んで見ていることがありました。

「お財布、きょう、要ると思ってー」

果たして、無垢の信頼心は、罪の源泉なりや。

わたしは良夫を信じ切っていました。いいえ、信じる、という言葉すら浮かんできません。信じるとか、信じないとか、そういう言葉はわたしたちの辞書には、載っていなかったのです。家の中は、静まり返っています。おかしいなと思いました。良夫はどこにいるのだろう、家の中にいるのは、確かなのです。なぜならわたしは、ガレージに入れてある車を目にしていましたから。良夫がひとりで歩いて出かけることは、まず、ありません。

「おーい、ヨシオくーん、いるなら返事せんかー」

良夫の口真似をして呼びかけながら、家に上がるために、靴を脱ごうとしたとき、やっと気づきました。すみっこの方に、きちんと揃えて置かれている、誰か知らない人の靴。それは、わたしの履きそうもないような、細くて高いヒールの靴で、趣味の悪い飾りが付いていて、いったいどれほど大きな足の人が履くのだろうというようなサイズです。けれども、まだ、わたしには「足の大きな女の人」以上のことは、浮かんできません。保険の勧誘の人？　良夫の勤め先の同僚か誰か？

無垢の信頼心は、罪なりや。

家に上がると、

「ヨシオー、ヨシオー、どこにいるの？　お客さまなの？　かくれんぼ、しないでくれる？　あのね、財布を届けに、仕事を抜け出してきたの。きょう、お金、要るでしょ？　わたし、すぐに戻らないといけないから、早く出てきてよ。車を待たせてあるの」

などと、笑みを含んだ声で呼びかけながら、まず二階へ上がり、二階に誰もいないことを認めると、一階に降りてきました。

一階には、窓辺にリビングルーム、その続きに台所とダイニングルーム、そこから短い廊下が伸びていて、廊下の突き当たりに、お手洗いとお風呂場があります。どこにも、良夫はいません。すべての部屋をチェックするまでには、二分もかかりませんでした。あとはもう、お風呂場のドアをあけるだけになっています。

こんな時間にお風呂に入っているのか、と、不思議に思いながら（このとき、足の大きなお客さまの存在は頭から抜けていました）わたしがドアに手をかけるのとほぼ同時に、扉があいて、良夫が姿を見せました。全裸です。うしろにもひとり、全裸の人が立っていました。右手で胸を、左手に持ったスポンジで股の当たりを隠そうとしています。が、隠し切れず、まっ黒な陰毛が覗いています。

「あ」

と、わたしの口から声が出たかどうか、記憶には残っていません。

濡れそぼった長い髪の毛が肩や額や首のあたりに、わかめのように張りついていました。

事後だったのか、事前だったのか、おそらく事後でしょう、昼下がりの情事のあと、良夫といっしょに、人の家で図々しく湯を使っていたのは、堀木アヤメ社長、その人だったのです。凄惨でした。醜悪でした。生まれてこなければよかった、と、思いました。目が見えなかったらよかった、と、思いました。こんなものを見るために、わたしはこれまでの二十五年を生きてきたのでしょうか。わたしにとって世の中とは、人間とは、女とは、女として生きていくということは、やはり底知れず、恐ろしいものでした。決して、結婚や、日々のシ・ア・ワ・セや、感傷的な雑文書きなどで、何から何まで決まってしまうような、そんな生易しいものではなかったのでした。

二

良夫とわたし。

互いに軽蔑しながらつきあい、そうして互いにみずからを下らなくしていく、それがこの世のいわゆる「夫婦」というものの姿だとするなら、わたしと良夫の間柄も、まさしく「夫婦」に違いありませんでした。

あんなことがあったというのに、わたしたちは表面上、それまでと同じような生活を続けていきました。いいえ、同じ生活ではありません。同じような生活。言いかえると、それは、つまり、似て非なる生活です。愛に似て非なるものが最も愛らしく見えるのと同じように、わたしたちの生活もまた、世間から見れば、実に結婚生活らしく見えていたのではないでしょうか。つまり、それは、あんなことがあったのに、まだ夫婦でい続けている、それが本物の夫婦というものだ、と人に言わしめるような、滑稽きわまりない、不毛な茶番劇こそが本物の結婚生活である、ということです。

　以前と同じだったのは、仕事時間です。わたしたち夫婦に何が起ころうと、わたしたちが何を起こそうと、世間は通常通り、回っていきます。ホテルにはお客が来て、学習塾には子どもたちが通ってくるのです。朝番の日、良夫は早朝四時に家を出ていき、午後は家で仮眠を取ります。遅番の日は十時過ぎに家を出ていき、帰宅は深夜になります。わたしはタクシーで家に帰ります。塾の定時の午後九時を過ぎると、もうバスはないのです。前者の場合には、良夫は塾までわたしを迎えに来ます。それが習慣になって久しかったし、塾から家に帰るためには、そうするしか方法がなかったのです。毎晩、タクシーで帰るわけにもいきませんから。こんな状態に陥っていても倹約だけは続けている、笑うに笑えない、けちな夫婦です。

　車で家に戻る道すがら、わたしたちは沈黙するか、烈しい口論をするか、そのどちらかの泥沼にずぶずぶ、はまり込んでいました。

「いつから、だったの？」

「そんなん、おまえには関係ねえじゃろ?」

「あるに決まってるじゃないの!　いつから!　いつから、なの?」

良夫という人はあくまでもまっすぐな人です。上手に嘘はつけないのです。正直な答えを返して、わたしの怒りに火を点けるのです。

「そんなにも前からなの?　ずっと、ずっと、わたしを裏切り続けていたのね。ひどい、ひどい、ひどいよ、ヨシオ……」

わたしが泣くと、良夫は「よしよし」と、聞き分けのない駄々っ子をなだめるようにして、ハンドルから離した片手で、助手席に座っているわたしの頭を撫でようとします。

その手を振り払って、

「さわらないで!」

と、わたしは叫びます。

すると、良夫は悪びれもせず、こう言うのです。

「堪忍したれや。たかが浮気やないか。チン毛の至りやないか。一生のお願いや言われて、断り切れんかったんじゃ。うちを女にしてくれ、言われてな。一生、日陰の身でエエ言うて。あの人はあの人で、かわいそうな人なんや。ああ見えてな、あれで情の厚いところがあって、女としては、おまえよりも」

「やめてよ!　此の期に及んで、あの女をかばうわけ?」

「いや、そうじゃのうて、あの人は、強いおまえと違《ち》ごうて、なんちゅうか、弱いところがあってな、誰かが守ってやらんと。おまえも昔、世話になったんじゃろ？」

「聞きたくない！　そんな話」

「まあまあ、そう怒らんと。もう、別れたんじゃし。あの人の方が苦しんどる思うよ。おまえはなんにも失くしとらんじゃろが。あの人は、大きなモンを失ったんじゃ」

「大きなモン」って、なんなのでしょう。人から奪い取った他人の夫、でしょうか。それとも、その人と築こうしていた未来、でしょうか。

いつのまにか、泥棒に入られたわたしの方が悪者になっているのです。

アヤメ社長は独身でした。「仕事ひとすじでやってきたから」と、飲みに行ったときなどには漏らしていましたし、わたしもその言葉を信じて、疑ったことすらありませんでした。わたしと良夫が結婚したときには、誰よりも多額のご祝儀をぽーんと贈ってくれた人です。まさか、アヤメ社長がわたしと同じ時期に、良夫に片思いの恋をしていたなんて、青天の霹靂でしかありません。そうして彼女は、賞味期限のとうに切れていた処女を初恋の人に捧げた、ということなのでしょうか。ぞっとして、鳥肌が立つような話とは、怪談話とは、こういう話を指して、言うのだと思いました。

「ひど過ぎる。いくらなんでも、ひど過ぎる」

「せやけど、おまえにもいろいろあったんと違うか、昔に」

怪鳥というものはばたばたと、忘れかけた頃に羽ばたいてやってきて、記憶の傷口をその嘴で突き破ります。たちまち過去の恥と罪の記憶がありありと眼前に炙り出されて、わぁっと叫びたいほどの恐怖を感じ、わたしは車のドアをあけ、発作的に外へ飛び出してしまいそうになります。なぜ、裏切られたわたしがこんな、恥辱と自責の念を感じないとならないのでしょうか。

「あの女が何を言ったのか知らないけど、わたしは何も悪いことはしていない。人を好きになっただけ。過去のことは、結婚する前に話した通りよ」

「せやけど、相手の男を死なせたん違うか。おまえにはそういう罪があるじゃろう」

罪。アヤメ社長が吹き込んだのでしょう。

「だからヨシオはわたしに何をしてもいいってわけ？　あんなことして、許されるとでも思ってるの？」

わたしが過去に起こした事の真相を知って、だから良夫は「罰として、自分は何をしても許される」と思っていたのでしょうか。否、それは見当はずれだと思います。良夫はそんなことを頭で考える男ではありません。論理的な思考回路は、彼にはないのです。ただ「据え膳食わぬは男の恥」だと思ったのでしょう。アヤメ社長の肉体に屈した、ということでしょう。あの、足の大きな女のあそこは磯巾着のように蠢いて、良夫の飼っている亀の頭をまんまと、くわえ込んだということでしょう。醜い、実に、誠に、真に、醜い、かっては可愛がっていたこともある部下、結婚の祝儀まで贈った部下夫婦、その片割れを白昼堂々と誘惑し、否、誘惑されるようにお膳立てをし、果ては、彼らの家の中で痴態を晒し、しかも彼女はそのことを恥じていない、あのときも、むしろ誇らしげに見せつけていた、哀れなほど狼狽している良夫の背後に、彼女は堂々と立っていた、そうして、涼やかに言い放ったのです。「この人は悪くない。悪いのはあたしよ」と、誇らしげに。その誇りが醜いのです。その開き直りが醜いのです。

しかし、真に醜いのはわたしだ、と、わたしはそのとき痛烈にそう思っていました。体でそう感じていた、というのが正しいでしょう。わたしという女は醜い、自分の醜さを突きつけられて、おぞましくてたまらなくて、わたしはアヤメ社長を悪しざまに罵っているのです。これが女です。女が男の浮気に腹を立てるのは、自分の醜さが白日のもとに晒されるからに他なりません。

「許される。俺はおまえの夫やし」

「そうなの、夫なら、何をしてもいいわけ？」

「何があっても、おまえは俺の妻なんやし。おまえが否定しても、戸籍にはちゃんとそう書いてある。お前は堂々としてたらエエんじゃ」

「ああ、もう、ヨシオと話してると、頭がおかしくなりそう」

「なあ、俺ら、子どもを作っとったら、こんなことには」

「ならなかった？　冗談はやめてよ。子どもがいたら、もっとひどいことになっていたんじゃないの！」

叫ぶように言いながらもわたしは「この台詞、まるで、下手な脚本家が書いたドラマに出てきそう」などと、思っていました。同時に、わたしの内面に存在する、わたしの核のような何者かが「だからわたしは世の中に跋扈《ばっこ》する、子どもを産んで男を縛ろうとする女になんぞ、なりたくないのだ」と、思っているのを自覚していました。この何者かは、ひどく冷たい女ではありましたけれど、この女は、決して醜くはないのです。あるいは、こうも言えるでしょうか。わたしは、子どもを産み、母になることによって、女の醜い誇りを完成させたくないのだ、と。

これらはすべて、言い訳に過ぎません。自己弁護、あるいは、究極のエゴイズムとその美化。つまりわたしはいつまでも、不完全なままでいたかったのです。つまり、未熟な女のままでいたかったのです。可愛がられていたいのです。愛されていたいのです。「いい子いい子」と、頭を撫で続けられ「よしよしいい子だから、泣かないで」と、あやされていたいのです、人生という名のベッドの中で。気持ちが悪くなるほどの甘え。アヤメ社長と、どこがどう違うのでしょうか。どこも違いはしません。

不毛な口論の果てに帰り着いた家で、レイプまがいの犯され方をして泣き濡れて、眠れないままわたしは毛布とシーツを抱えて一階に降りていき、その夜からあと、同じひとつの家の中で、わたしと良夫は別居をするようになりました。良夫と同じベッドで寝るなんて、わたしには到底できません。アヤメ社長を抱いた不潔な腕で、清潔なわたしを抱くなんて、許せないことでした。こうして、わたしは一階で寝起きをし、良夫は二階で寝起きをするようになったのです。そうして、互いに常に相手の立てる音に耳を澄まして、顔を合わさないで済むような努力を積み重ねていたのでした。

いったい、なんのために？　何を守るために？　何から逃れるために？　守りたいものと逃げたいものはおそらく、同じだったのだと思います。結婚とは、そういうものなのかもしれません。つまり、守ると逃げるは、不毛な結婚においては同義語なのです。

そうして、ついに、ある日を境にして、良夫は家に戻ってこなくなりました。ご丁寧に「しばらく同寮の部屋にイソーロー中。葉湖は頭を冷やせ」と、食卓の上に書き置きを残して。風呂場で現場（濡れ場でしょうか）を見せつけられてから、一ヶ月ほどが過ぎていたでしょうか。

同僚の「僚」が「寮」になっているのを見て、良夫らしい、と思ったわたしを、もうひとりのわたしが厳しく諌めているのを、さらにもうひとりのわたしが天井から見つめている、そんな奇妙な分裂感がありました。怒らなければならないと思いながら怒っている、とでも言えばいいのでしょうか。わたしにはまだ、自分の身に起こったことを正しく（しかし、正しさって、なんでしょう）受け止めるだけの能力がなかったのかもしれません。

つまり、こんな風になってもまだどこか、ふわふわと虚空を漂うように生きていたのです。梨木さんに「死のうか」と言われたときのように。

良夫には同僚は大勢いるものの、居候させてくれる人などいません。アヤメ社長のところに、転がり込んだのでしょう。わかりやす過ぎて、反吐が出そうでした。もっと腹立たしいのは、良夫にはわたしと別れる気はさらさらないのだ、ということがわかり過ぎるほどわかる、ということでした。良夫は家から何も持ち出さず、身ひとつで出ていきました。良夫の頭には「離婚」という選択肢は、なかったはずです。それは、故郷の両親の手前、であったのかもしれません。良夫という人はどこまでも「良い子」なのです。良い子は、妻を裏切ることはできても、親を裏切ることはできないのです。

わたしと良夫。形は、ふたり似ていました。よく、夫婦は似ると言われていますけれど、まさにそれです。ときどき、そっくりの人間のような気がすることもありました。

良夫が出ていってから、広過ぎると感じるようになった家の中で、深夜、ひとりでお酒を飲みながら、わたしは悶々と思いを巡らせていました。これから、どうすればいいのだろう？　これから、どうなるのだろう？

離婚する、という選択肢はやはり、わたしにもまだないのです。なぜなのか、わかりません。わかりませんけれど、行き着くところは離婚届、ではなかったのです。離婚などして、良夫とアヤメ社長の罪を軽くしてやるなんてとんでもない、と思っていたのかもしれません。それとも、わたしたちが離婚して、アヤメ社長が妻の座を獲得することが許せなかったのでしょうか。

わたしは日本酒とビールとワインが苦手だったので、もっぱら焼酎を呷っていました。焼酎の酔い独特の、あのガラスの破片が頭に充満しているような、陰鬱な気分になってくると、わたしは言葉遊びをして、気を紛らわせようとしました。

ある言葉を思い浮かべて、その同義語と対義語を定義するのです。

たとえば、黒の対義語は白。白の対義語は赤。赤の対義語は黒。

テーブルの上に置いてある花瓶の中で、しおれかけている薔薇を見つめながら、花の対義語は？　月？　みつばち？　草？　つぼみ？　葉っぱ？　ううん、そうじゃない、花の対義語は、およそこの世で最も花らしくないものをこそ、挙げるべきだ、だとすれば、それは女、そう、花の対義語は女だ、ならば、女の同義語は？　腐った内臓だ、臓物だ、アヤメ社長だ、ならば、臓物の対義語は？　アヤメ社長の対義語は、わたしか？　わたしは花で、彼女は臓物だ、確かに。ううん、そうじゃない、わたしの同義語は？　恥？　罪？　悪？　嘘？　酔いが回ってくる、どんどん回ってくる――

罪の対義語は？

良夫の犯した罪の対義語は？

あの日、わたしが風呂場で見せつけられた罪の対義語は？　それがわかれば、わたしは

「それ」によって、救われるのではないか、法？　そんなものではない、罪とは、裁判所で弁護士と検事が言い争って、片づけられるようなものでは……ない、はず……だったら何？　神？　善？　愛？　光？　ああ、全部、違う、神の対義語は悪魔だし、善の対義語は悪だし、愛の対義語は憎しみだし、光の対義語は闇だし、罪と祈り、罪と悔い、罪と償い、罪と告白、これらはみんな同義語じゃないか、だったら、罪の対義語は何？　それがわかれば、わたしは「それ」をあのふたりに突きつけてやる——

さらに酔いが回ってきたのか、ガラスの破片は脳みそに溶け込んで、わたしの頬には豆腐のような笑みが浮かんでいます。水の中でふるふる揺れている絹豆腐の笑み。わかった、罪の対義語は、ミツ。甘い甘い蜜の味。ははははは、はははは、なんだ簡単じゃない、馬鹿みたい、声に出して笑ったあと、テーブルに落ちた笑いの破片のなかに、きらりと煌めいた言葉がありました。

罪と罰。

はっとしました。

罪と罰は、対義語？　ドストエフスキーは、罪と罰を同義語と考えず、対義語として置き並べたのだとしたら？　罪と罰、絶対に相通ぜざるもの、氷と炭のように、相容れざるもの。もしも、あのドスト氏が罪と罰を対義語として考えたのであれば、彼の文学は、彼という人間は、青みどろ、腐った池、乱麻の奥底の……ああ、何かがわかりかけてきた、何かが……いや、まだだ……などと、頭脳に走馬灯がくるくる廻っているさなかに、わたしは天啓を得るかのように気づいたのでした。わたしという神は、わたしという善は、わたしという愛は、良夫を罰してやらなくてはならないのだ、と。罪を犯した者は、それに見合うだけの、同等な対義語としての、罰を受けなくてはならないのだ、と。

罰すると許すは同義語か？　はたまた対義語か？

わたしは大口をあけて、笑い始めました。わははは、わははは。侍映画ややくざ映画の登場人物が訳もなく、台詞と台詞のあいだ、またはその前後に放つ、意味のない豪快な笑いです。

コップに残っている透明な液体を飲み干すと、わたしはつぶやきました。決意のつぶやきです。

「罰を与えてあげる」

笑いはいつのまにか、涙に変わっています。思うさまコップにぶちまけた焼酎を、ぐいぐい飲み、それから、おいおい声を放って泣きました。泣こうと思えば、いくらでも、いくらでも泣けるのでした。だって、これは、嘘泣きだから。

泣きながら、わたしは歌をくちずさみました。

こうこは、どうこの細道じゃ。

こうこは、どうこの細道じゃ。

哀れな童女の歌声が幻聴のように、かすかに遠くから聞こえます。不幸。この世には、さまざまの不幸な人がいて、いや、不幸な人ばかり、と言っても過言ではないのでしょうけれど、しかし、その人たちの不幸は、いわゆる世間に対して堂々と抗議ができ、また世間もその人たちの抗議を容易に理解し同情してくれる、そのような不幸です。しかし、わたしの不幸は、すべてわたしの罪悪から、つまり、わたしの生であり、性である「わたし自身」から「わたしという女」から発生したものに違いなく、誰にも抗議のしようがないし、また口ごもりながらひと言でも抗議めいたことを言いかけると、両親を始めとする世間の人たち全部から「よくもまあ、そんな口がきけたものだ」と、呆れ返られるに違いないし、わたしはいったい俗に言う「単なるわがまま者」なのか、またはその反対で、気が弱過ぎるのか、自分でもわけがわからないけれども、とにかく罪悪の塊であることは確からしいので、こうやって、どこまでも、みずからどんどん不幸になるばかりで、これを防ぎ止める具体策などないのだ、真に罰せられるべき者は、良夫ではなく、このわたしなのだ、そう思うと、ますます泣けてきます。

涙は、罪と罰の同義語でしょうか。対義語でしょうか。どちらがどちらの？

涙の沼の中から、浮かんできた人がいました。

津島《つしま》廣志《ひろし》。学習塾に出入りしている、教材制作会社の営業マンです。三日にあげずやってきて、プリント類、テキスト、模擬試験などをすすめ、見本を置いていきます。いつの頃からか、わたしが彼の応対をするようになっていました。子どもの頃に患ったという小児麻痺のせいで、左足を引きずって歩く人です。杖なしでもなんとか歩けるようでしたけれど、松葉杖を突きながら現れることもありました。

「雨の日はちょっと古傷が痛むので」

などと言って。

もともとは、大手新聞社でデスクの仕事をしていた、人員整理に引っかかって首になり、現在の会社に就職した、というような話は、営業トークのあいだに差しはさまれる世間話として、聞かされていました。中学校の英語の教師をしている奥さんとのあいだに、子どもは六人。うちひとりは、生まれつき脳に障害のある子。

「その子がいちばん可愛くて」

と、彼は目を細めて言うのです。

津島は不幸な人でした。不幸を人間の形にしたら津島になる、と言ってもいいでしょう。しかし津島はみずからの不幸を不幸とは思っていない、幸福だと思っている、と書けば、どんな不幸か、理解していただけるでしょうか。

出会いの場面はまったく覚えていないのですけれど、今でもあざやかに心に残っているのは、こんな場面です。良夫が家を出て、アヤメ社長の部屋で暮らし始めて一週間ほどが過ぎていたその日、わたしは朝から頭痛に悩まされていて（お酒の飲み過ぎが原因です）

とりあえず、何か適当な薬をと思い、出勤後、塾の近くの薬局を訪ねました。そこに、津島がいたのです。その日は、杖を手にしていました。

「あ」

と、言い合って、わたしたちは顔を見合わせ、瞬間、津島はフラッシュを浴びたみたいに首を上げ目を見張り、なぜか棒立ちになりました。

そのせいで、松葉杖がパタと乾いた音を立てて倒れ、そのへんに積み上げてあった商品の一部がバラバラと残酷な音を響かせて崩れ落ちました。わたしはあわてて駆け寄り、また津島もあわてて商品をかき集めようとしてしゃがみ込み、わたしたちは再び、もっと近くで顔と顔を突き合わせたのです。恥ずかしい、と、わたしはまずそう思いました。なぜならわたしのまぶたは前の晩の深酒と涙によって、醜く膨れ上がっていたからです。しかし、わたしを見つめる津島の目には、驚愕の色も嫌悪の色もなく、ほとんど救いを求めるような、慕うような色が現れていたのでした。ああ、このひとも、きっと不幸な人なのだ、不幸な人は、ひとの不幸にも敏感なものなのだから、と思ったとき、ふいに涙が出てきました。これは嘘の涙ではなく、本物の涙でした。すると、津島の、大きな、澄んだ瞳からも、涙がぽろぽろとあふれ出てきたのです。

こうなると、もう、いけません。例の、わたしの、受け身のストーカーのような本性が鎌首をもたげた蛇みたいに現れます。この寂しさをなんとかして欲しい、なんとかしてくれたらその代わりにわたしは、あなたの欲しいものをなんでも差し出すから。ストーカーの本来の意味は、変質者です。変態とも言うそうです。主に、女を付け狙う、能動的な男に対して使われます。わたしの場合には、わたしの心が「寂しいの、なんとかして」と、色目ならぬ物欲しげな瞳を駆使して、受動的に、男を付け狙っているわけです。心ですから、具体的な行動を起こせるわけではありません。しかし、男に付け込まれるように、狙われるように、心がそういう風に巧みに振る舞っているわけです。これがわたしの本性であるところの「受け身のストーカー」です。獲物が引っかかりそうもない場所に、丁寧に巣を張り巡らせている蜘蛛、みたいなものかもしれません。いつまで経っても、男が引っかかってこなければ、蜘蛛は巣を放棄し、直接的な行動を起こします。

「津島さん、あした、もしも時間があったら」

と、わたしは津島を誘いました。

わたしから、誘ったのです。日曜の昼下がりに、自宅の二階へ。良夫がいない家に、わたしは男を引っ張り込んだのです。良夫への罰として？　それとも、わたしへの罰として？　いつ、突然、夫が帰ってくるか、わからないような家です。でもそれがかえって刺激的でした。仮にこの現場を良夫に押さえられても、良夫は何も言えないはずです。かつて自分がしたことを鏡に写して、見ているようなものでしょう。それで、わたしたちは引き分けになるのです。何を恥じることがありましょう。

津島は、とても優しい人でした。わたしに触れる手のひらは、絹のように優しく、セックスが優しいということもありましたけれど、そもそもすべての行為が優しいのです。まなざしも、指先も、考え方も、世の中を見る目も。掠れたため息のような、優しい声の持ち主でした。英語では、ウィスパーボイスと言うそうです。優しいのは、障害を持っているせいでしょうか。それとも、生まれついての性格だったのでしょうか。慈愛、と言っていいような愛情を、目の前にいる人に、全身全霊で降り注げる人でした。目の前にわたしがいればわたしに優しく、家に戻れば、六人の子どもたちと奥さんと、同居している奥さんのお母さんにも優しく。

日曜の午後、初めてわたしと寝たあとで、津島は言いました。ささやくようなウィスパーボイスで。

「最初にきみを見たときから、いつかはこうなるだろうなと思っていたよ」

それは決して、歯の浮くような台詞ではなく、本当に心の底から発せられた魂の言葉であるように、わたしの耳には聞こえていました。

「短くてもいいよ。きみとの思い出があれば、ぼくはこれから先の一生を、幸せに生きていけるような気がするよ。たとえこれで一度きりになっても」

「ほんとなの？　一生、幸せに？」

「その通りだ」

「そんなに簡単なものなの？　幸せって、そんなに？」

「簡単さ。簡単だと思えば、簡単に手に入る。そういうものだよ」

「じゃあ、不幸も簡単だと思えば、簡単に手に入る？　そういうこと？」

「そういうことだ」

「じゃあ、もう一度して」

　わたしはもっと不幸になりたかったのです。不幸には、幸福にはないような蜜の味があるのです。それをとことん味わいたい、不幸を突き詰めていったら、そこには何があるのか、何もないのか、何もなくてもいい、何があってもいい、男の胸の中で喉に息を詰まらせながら、わたしは不幸のもたらす快楽を貪りたかったのです。良夫に見せつけるために？　幸せになるために？

「いいよ、何度でもしてあげるよ」

　シーツとシーツのあいだで、疲れ果てて、くたくたになるまで優しい行為を与え続け、受け続けたあと、わたしたちは「幸福名詞・不幸名詞」を言い合って、裸で遊びました。こういう遊びは良夫とはできません。かつては新聞記者であり、文学を読み、編集者でもあった津島とだからできたのです。

「日曜日は？」と、わたし。

「ハピだね」と、津島。

幸福名詞は「ハピ」で、不幸名詞は「アンハピ」です。

「じゃあ日曜の午後は？」

「アンハピ」

津島は腹ばいになって、マッチで煙草に火を点けようとしています。

「なぜ？」

「だって、終わりが来るから」

津島はこのあと、まっすぐに家に戻って、六人の子どもたちといっしょに遊ぶのでしょう。それでも、日曜の昼間の二時間だけをわたしに与えてくれたのは、彼の優しさだったのでしょうか。優しい欲望だったのでしょうか。ここでおかしな話をしますけれど、津島の「六人の子ども」というのは、一線を越えるためには実に、実に功を奏したのです。もしも子どもがひとりかふたりであったならば、わたしは津島と肉体関係を持とうとはしなかったのかもしれません。もっと手頃な独身男性は、そのへんにごろごろ転がっていたのです。塾の同僚の中にはわたしに、好意以上の欲望を抱いている人がいましたし、塾長でさえ、飲みに行った席ではわたしにちょっかいを出そうとしていたのです。世の中は「ある種の男」だらけです。よりにもよって、面倒な男を選ぶ必要などないではないですか、仮に好きになってしまったとして、子どもに嫉妬し、奥さんに嫉妬しなくてはならないような、厄介な関係など。しかし、六人となれば、嫉妬心も湧かないのです。奥さんは七人目くらいの存在でしかありません。六人も子どもがいる、ということは、なんていうのか、津島は頑丈なお城に住んでいる王様みたいなもので、王様がお城を捨てることなど端から想像もできないし、期待もしていない、だからこそ、情事の相手としてふさわしいのです。

「じゃあ、煙草は?」

「ハピ、おいしいから」

終わったあとの一服は格別だ、と、言わなかったけれど、そんな表情をしていました。

「マッチは?」

「アンハピ」

「どうして?」

「燃え尽きて、捨てられるから」

「吸われる煙草は、ハピなんだ?」

津島に優しく吸われたわたしの胸の先端は、まだひりひりしています。

「そう、じゃあ、お酒は?」と男。

「アンハピね」と女。

津島は、わたしが酒に風邪薬を混ぜて飲んでいることを知りません。

「飲み過ぎるからだよ。もうちょっと減らさなきゃ。じゃあ、頭痛薬は?」

「ハピ!」

薬局で津島と会うきっかけを作ってくれたから、ハピなのです。

「そうか、じゃあ、松葉杖は？」

「……」

答えあぐねているわたしの乳房を優しく撫でながら、津島は囁きます。

「ハピだよ、これは。これこそがぼくのハピ」

「ねえ、また来てくれる？」

「アンハピだな、それは」

「えっ、どうして？」

「だって、ハピ過ぎるから」

こうして、津島はときどき、わたしの家にやってきて、つかのまの、優しい情事の時間を過ごしていくようになりました。日曜のことが多かったけれど、平日の午前中のこともありました。会社の車（片足が悪くても運転できるような仕様になっていました）でやってきて、わたしと寝たあと、車で塾まで送ってくれることもありました。

堂々と、職場まで送ってもらって、みんなの見ている前で車から降り、

「偶然、バス停の近くで出会ったので、拾ってもらったの」

と、満面に笑みをたたえて言うわたしの顔を見て、みんなはどう思っていたでしょう。わたしの顔は、指を突っ込めばすぽすぽと、めり込んでしまいそうなほど、皮が厚くなっ

ていたのです。

良夫が出ていってから、一ヶ月半あまりが過ぎようとしていました。

季節は秋から冬へ、忠実に堅実に着実に移り変わり、わたしはといえば、危なっかしく、ふわふわと、無責任な、綱渡りのような日々を送っていたわけですけれど、いよいよその綱が切れる日がやってきました。来るはずの生理が来なくなっていたのです。きちんと気をつけていたはずなのに、それでもどこかに隙があったのでしょう。わたしは子どもができない体質かもしれないと、油断していたせいもあったと思います。こういうとき、普通なら、津島には相談しないものかもしれません。おそらく、いちばん話しにくいのは、自分を妊娠させた情事の相手なのではないでしょうか。「あなたの子どもができたの」と言って相手を絶望させ、相手からは「堕ろしてくれないか」と言われて絶望したくない、それは当然のことでしょう。けれども、津島は違うのです。津島には「そういうこと」を女に平気で打ち明けさせてしまう至上の優しさがあるのです。信頼感、しかも絶対的な、と言ってもいいようなものを、彼は身にまとっているのです。

津島はわたしの話を聞くと、まるで全知全能の神のように、

「産めばいいよ、葉湖ちゃんが産みたかったら。ぼくはちゃんと責任は取るし、認知もするし、なんならいっしょに育てることもできるよ」

爽やかに、あっさりと、言ってのけました。つまり、ふたつの家庭を持ってやっていく、

と、彼は言うのです。六人も子どもがいるのだから、もうひとりくらい、他所《よそ》に増えても大丈夫と言いたげです。そんなことができるものでしょうか。そんな、戦国武将の時代のようなことが今の時代に。だいたいわたしはまだ、離婚すらできていないのです。離婚できていないわたしが他人の夫の子どもを産んで、他人の夫といっしょに育てていくなんて、そんなこと、できるはずがないではありませんか。

「できると思うよ。やっていこうよ、ふたりで、いや、三人で。子どもってね、本当に無条件で可愛いし、いいものだよ。人生が一気にカラフルになるよ。子どものために生きようって、思えるようになるよ」

美しい瞳に聖なる光をたたえて、津島は言うのです。詳しい事情はわかりませんでしたけれど、経済的には恵まれた人のようでもありましたから、お金の心配はしなくていい、ということも、彼の優しさの背景にはあったと思います。

「そうなの？　そういうものなの？」

「産めばわかるよ。女の人は、みんなそうだよ。幸せになれるよ」

津島の妻もそうだった、ということでしょう。つまり、女は結婚して、子どもを産んでこそ、女としての生をまっとうできる、と、中学生向けの性教育の副読本か、道徳の教科書か、日本国憲法にでも書いてありそうなことを、津島は胸を張ってわたしに教えようとしているのです。なんという優しさ。残酷さ。馬鹿さ加減。ある種の男をはるかに超えた、希有なある種の男。

「子どもって、ハピ？」

「当たり前じゃないか。この世における最高の幸せだよ」

だから、あなたは不幸なのだよ、と、そのとき、わたしはそう思っていました。子どもで幸せになれるなんて、そんな甘ったれた思想を抱いている人は、もうそれだけで救いようがないほど不幸ではないのか、と。だって、そうではありませんか。子どもとはいずれ大人になり、親を捨てて、去っていくだけの存在なのです。子どもと親は一生、連れ添えない、愛し合えない、憎み合うことはあっても。そんなの、わかり切ったことじゃないのか、と。けれども、それは今ここでは、口には出せません。口に出せないわたしは、とても不幸です。不幸すぎて寂しく、寂し過ぎて不幸なのです。思うにこの寂しさは、たとえば臓器移植か何かで誰かに胃腸をまるごと提供した人間がいるとして、胃腸を失くした人がそれでも空腹にかられて、夢中になって、あるいは本能的に、食べ物を口からどんどん入れ続けている状態、とでも言えばいいのでしょうか。寂しい女は寂しさを食らって、さらなる寂しさに侵食されながら、その空洞を寂しさで埋めることでしか、生きていけないのです。気味の悪いたとえで申し訳ないけれど、腹部をえぐり取られた蛙がなおも口から舌を伸ばして、虫を捕まえ、食べている姿を想像してみて下さい。わたしが津島と別れることができないのは、そのような寂しさゆえのことなのです。

わたしも不幸、津島も不幸。

不幸な者同士、不幸と不幸が結ばれてできた子は、幸福なのでしょうか。

それ以前に、わたしはこの子を産んで、ちゃんと育てていく自信があるのか、ないのか、ないに決まっています。産むのは相変わらず、怖くてたまりません。産むなら帝王切開で、全身麻酔で、などと、まだ病院へも行っていないうちからそう思っています。

妊娠はアンハピ。でも出産はハピ。あるいはその逆？

中絶はハピか、アンハピか。流産はハピか、アンハピか。

このときほど、わたしは、わたしの体が憎かったことはありません。妊娠している体が憎かったのではありません。お腹の子が憎かったのでもありません。策略を巡らせ、あるひとつの画期的な解決策を思いついたとき、わたしは、自分の体内に宿っている悪魔を自覚し、悪魔を宿らせているわたしの体を憎んだ、ということです。

これ以上、時間を無駄に費やすことはできない、タイムリミットが迫っていたその晩、わたしは良夫の職場に電話をかけました。ディナータイムが終わって、コックたちはそれぞれの持ち場であと片づけをしている時間帯を狙って。

「おう、葉湖か。なんや久しぶりやな。元気か？」

良夫の声は弾んでいます。喜びを隠し切れない声です。ああ、これが良夫だ、わたしの夫だ、と、わたしはおかしなところで感心しています。

「おかげさまで、なんとか元気よ」

寂しいの、という言葉が喉まで出かかっていましたけれど、辛うじて止めました。

「どうしたんじゃ。亭主が恋しくなったんか？」

「そんなわけじゃないけど、話があって」

「どんな話や。聞こうやないか。ただし別れ話ならお断りじゃ。よし、それなら、これからそっちへ行こうか、いや、断らんでも、そこは俺の家じゃしな」

「うん、帰ってきてくれるとうれしい。あのね、わたし、ヨシオとやり直したいの。一からちゃんと」

「ほんまか？」

「うん」

「そうか、そうなんか、それで電話を、そうなんか。何もかも水に流してくれるんか。雨降って、地固まる、いうことじゃな」

良夫の声が震えています。涙声になっているのです。泣くほどうれしかった、ということなのでしょう。ああ、これが良夫です。わたしの良い夫です。

深夜、何ヶ月ぶりかで家に戻ってきた「良い夫」に、わたしは自分が妊娠していることを告げ、この子のためにももう一度、ふたりでがんばってみたい、などと薄っぺらな言葉を重ねました。良夫を騙すなんて、犬を騙すほど簡単なことです。良夫と最後に交わった日と、津島と最初に交わった日には、一ヶ月ほどの開きがありました。これなら誤魔化せると、わたしは踏んでいたのでした。

「葉湖は俺を、こんな俺でも父親にならしてくれる言うんか」

良夫は感極まって、号泣に近い泣き方で男泣きをしながら（男を泣かす女、健在です）

「俺な、しんどくてたまらんかった。情が深いのもあんまり度を超すと、苦行になるんじゃ。それに嫉妬深くてな、顔を合わすたびに、じくじく責められるばっかりで、エエことなんか全然あらへん。俺はクールなおまえが恋しくて、毎晩、枕を抱えて泣いとったんで。ああもうあんな女になんで血迷ったんか。あんな根性の腐った年増に」

などと、アヤメ社長の悪口を言うのでした。

良夫の話を信じるならば、転がり込んでいたのは本当に同僚の部屋で、同僚の部屋に女がやってきて泊まる晩だけ、アヤメ社長の部屋へ行っていたものの「夜のお務めのハードさ」に嫌気が差して、このところずっと、職場の休憩室で寝泊まりしていたのだ、と言います。

「どれだけ、おまえの夢を見たか。俺にはな、おまえしか、おらへんのじゃ」

それにしても、なんという罪深い罰でしょう。

良夫は、わたしが津島に愛されて身ごもった子を、自分の子と信じて一生「良きパパ」をやっていくのです。これ以上の復讐があるでしょうか。出産はもはや、恐怖でもなんでもありません。儀式のようなものです。通過儀礼と言ってもいいでしょうか。わたしは罪の子を産むことで、罰を完成させてやることができるのです。

けれども、ああ、神様がこんな狂言を黙って見過ごすはずはありません。

良夫が戻ってきてしばらくして、わたしは高熱を出し、体中に真っ赤な発疹を出し、医者から「風疹ですね」と診断され「あなたの妊娠は不健康であり、継続不能である」と審判を下され、人工的な流産を余儀なくされてしまったのです。

良夫は取り乱し、泣き叫び、頭を掻き毟りながら「なんでや、なんでや」と、喚き続けていました。おまけに、

「俺のせいかもしれん。俺があんなことをしたから、罰《ばち》が当たったんじゃ」

とまで言い出す始末です。

神様が罰するべき人間は良夫ではなく、わたしであったはずなのに。

京都に、滅多に降らない名残の大雪の降り積もった、浅い春の早朝でした。ひと晩だけ入院して迎えたその朝、病室のベッドで目覚めたわたしの胸は、真っ白な雪原に天上からこぼれ落ちてくる陽の光にそっくりな、ダイヤモンドダストのようなきらめきでいっぱいでした。開放感と解放感と清々しさと、あとは、なんでしょう。安堵と安心と安寧でしょうか。有り体に言えば、肩の重荷をすべて下ろして、心底、ほっとしていたのです。

人工的な流産とは、まるで化学か生物学の実験室で丸裸にされ、さまざまな実験を試み

られたあと息絶えて、ホルマリン漬けにされ「堕胎後の母体とその嬰児＊年＊月＊日」と記されたラベルを貼られたような状態、と書けば、理解していただけるでしょうか。こんな経験をした挙げ句の果てに、なお、それでも、子どもを欲しがる女がいたら、わたしは会ってみたいと思います。

死んで生まれた（こんな言い方が通用するならば）赤ん坊に、わたしは「雪花」と名づけました。ふてぶてしい女だと思います。ちっとも悲しんでいないくせに、死なせた赤ん坊ではあるけれど「名前を付けてあげなくてはかわいそう」と、そこだけには、こだわっていました。自分の陳腐な美学に対するこだわりであったと思います。

そう、わたしという母親（で、あろうはずもありませんけれど）は、赤ん坊（お前に罪は無い）に対して、これっぽっちも、愛情も同情も憐れみも、抱いてはいなかったのです。まるで、何度も治療を施してもらい、医師が苦心惨憺して何かを被せても、被せても、すぐにぽろりと落ちてしまう、根の腐った歯をひと思いに抜いてもらって、さっぱりすっきりして、体調まで好くなった患者のような気分でした。そう、つまり赤ん坊はわたしにとって、いやな臭いのする、根の腐った歯に過ぎなかった、ということなのです。

女性、失格。

もはや、わたしは、完全に、女性で無くなりました。

女にあるまじき女です。母親になれなかった、なろうともしなかった、出来損ないの、不完全な女です。女の恥。罪深き女。恥の女。どれだけ額に刻印をされても足りない、股裂きの刑に遭っても、両足を縛られた妊婦にされても文句は言えない、わたしはそういう痴女に成り果ててしまったのでした。

一度は別れたはずの津島に、電話をかけたのは、抜歯の当日でした。良夫はその日、仕事の都合（ホテルで結婚式の披露宴があり、良夫は担当チームのリーダーを務めていたのです）で、どうしてもわたしを迎えに来ることができず、わたしは津島に迎えに来てもらって、家まで送り届けてもらいました。病院は、ひどく不便な場所にありました。とはいえ、もちろん、呼べばタクシーも来るし、本数は少ないものの、バスもあります。けれどもわたしは津島の顔が見たかったし、津島に同情されたかったし、わたしを妊娠させ出産をすすめた男に、優しく、抱きしめてもらいたかったのです。子どもを失くした空っぽのお腹の空洞に、泉のようにあふれてくる甘えを、寂しさを、そしてこの、受け身のストーカーを。

車の中で交わされた会話――

「つらい思いをしたね。悲しかっただろう。痛みはある？」

「ちょっとでもお腹に力を入れると、痛いの。だから、お願い、笑わせないでね」

「欲しくなったら、またいつでもできるよ。子どもって、授かりものだから。願っている人たちのところへは、必ずやってくるものだよ」

「背中に羽を生やした天使みたいに？　まるで童話なのね」

「そうだね、ある種のお伽噺みたいなものかな」

　この会話は、いったいなんなんだろう、と、わたしは思っていました。この人はいったい、何が言いたいのだろう、子宝に恵まれた自分の人生は、お伽噺のようなものだと言いたいのか、子どものいる人生は、そんなにいいものなのか、それを堕胎してきたばかりの女に向かって、静かに微笑みながら囁くように言う、あなたの優しさとはなんなのかと。

　いえ、しかし、このようなことはすべて、わたしがあとでその場面を思い浮かべて、あとから思い浮かんできた疑問（同義語は、理屈）に過ぎません。

　その日そのとき車の中で、わたしは、大量の血液を流したせいか、生気も精気も（正気も？）抜けていたであろうわたしを見る津島の、傷口を眺めているような目つきに、痺れるような喜びを覚えていました。津島はわたしに、一度は見限られた男です。わたしは、子どもを産めなかったから、そのことによって、ブーメランのごとく、津島のもとに戻ってきたわけです。そのことを津島も重々、承知していたはずです。もしかしたら津島には、わたしが戻ってくると、初めから、わかっていたのでしょうか。あとにも先にも、尋ねたこともないので、真相はわかりません。ただ、その日、津島の声にも言葉にも表情にも、喜びは滲み出ていたように、今のわたしには思われます。

　わたしたちは、ハピだったのです。

それから三年と少し経ち、わたしはその間《かん》に、良夫と正式に別れ、いつかふたりでいっしょにフランス（良夫の専門はフランス料理でした）へ行けたらいいねと言いながら、貯めていた定期預金を解約し、さらに、幾ばくかの津島からの援助も得て、学習塾の近くに建ったばかりのマンションの一室に引っ越しをし「小さな生き物がそばにいる生活はいいよ」という、津島のすすめに従って狭いベランダで小鳥を飼いながら、花束かケーキを携えて、廊下にコツコツコツと寂しげな杖の音を響かせながら、津島が部屋を訪ねてくる日を指折り数えて待つ、というような日々を過ごすようになりました。

数年前から世の中では、反核・平和の世論が拡大し、高校の社会科の教科書の検定によって、中国大陸への「侵略」が「進出」と書きかえさせられていた、と新聞各紙が大々と報じたり、沖縄県議会からは、やはり検定により教科書から削除されていた「沖縄戦での日本軍による住民虐殺という歴史的事実の記載の復活を求める意見書」が出されたりしていました。世論にも教育にも教科書にもさしたる関心のなかったわたしにとっては、そういった話を津島から聞かせてもらう時間が唯一の、社会との接点であったのです。津島は、甘い時間を過ごしたあとに、そういう堅い話をするのが好きで、得意でした（むかし、だいすきだったひとと同じように）。あるいはそれは、わたしに寂しさを感じさせないようにする、彼なりの配慮であった、ということかもしれません。

会えない時間はつらく、じりじり待つだけの苦しい生活ではありましたけれど、津島は相変わらず優しくて、わたしはその、難民キャンプの幼子が偽善者から与えられた、あたたかいけれど少し汚れた毛布のような優しさに包まれて「このまま一生、きれいな花だけを飾って、おいしいものだけを食べて、にこにこ笑って暮らすのもいいのかもしれないなぁ」と、思うようにすらなっていたのでした。

多少の寂しさを我慢すれば、それは決して不可能な暮らしではないようにも思えていました。世間で「愛人」とか「妾」とか「二号」とか呼ばれている女の大半は、そういう風に思っているのではないでしょうか。

また、わたしはその頃からまた少しずつ、物を書くようにもなっていました。詩ではなく、散文を。わたしは自分にも世の中にも絶望していましたけれど、絶望の同義語は、創作でもあったのです。この絶望を余すところなく書けば、傑作を物することができるのではないか、そんな錯覚を抱いてもいました。とはいえ、小説とは、創作とは、そんなに朝飯前なものではありません。悲惨な体験を悲惨そうに綴っただけで小説家になれるなら、世の中は、小説家だらけになってしまうでしょう。しかし、逆もまた真なりで、流行作家になりたければ、いかにも女・子どもが喜びそうな、愚にもつかない「勇気と感動の物語」か「ほろりと泣ける、心あたたまるお話」でも書いて、発表するのが早いのです。

そうして、また、書くもの、書くもの、書いて投稿したものが没になり続ける日々を経て、理解の遅いわたしもようやっと、悟りを得るに至りました。わたしが作家になりたいとあこがれていたのは、物を書きたかったからではなく、書いたものが読まれて、ちやほやされたい、尊敬されたい、うらやましがられたい、目立ちたい、注目されたい、ただそれだけの理由からであったのだと。要は、わたしとは、これ以上の俗物はないと言ってもいいほどの俗物であったと、そういうことなのです。

押入れには没原稿を重ねた段ボール箱が積まれ、ベランダには鳥籠が並び、ときおり訪ねてくる津島の優しい指先と唇と舌で、苦悩の壺を掻き回されて（けれどもそれは快感でもあったのです）苦悩する能力をさえ失っていくような日々。

「わたしたち、いつか、いっしょになれるのかなぁ」

「なれるよ。うちの子たちがみんな成人したら、ぼくは葉湖といっしょになる」

「ずいぶん先ね」

「先の楽しみがあるのは、ハピだよ」

「今がアンハピでも？」

「葉湖ちゃんがアンハピであるはずがないよ。あんなに嬉しそうな声を出す人が」

「だったら、もう一度、出させて」

「何度でも出させてあげる、可愛いアンハピさんの、可愛いあそこから」

そんな甘っちょろい暮らしが長続きするはずはなく、ある日、わたしの職場に六人の子どもを引き連れて「泥棒猫！　売女！」と怒鳴り込んできた津島の妻（まるで津島の祖母かと思えるほど、妖怪のように老けた女でした。ヨーロッパの町の教会の前などに、借り物の赤ん坊を抱いて物乞いをしているずる賢い女がいるそうですけれど、まさに、そういった雰囲気を漂わせて、しかも子どもは六人ですから、迫力には鬼気迫ったものがありました）によって、わたしと津島は引き裂かれ、妻の演じた派手な修羅場のおかげで職場にもいづらくなり、わたしは負け犬よろしく尻尾を巻いて、すたこらさっさと退散し、区役所の掲示板に張り出されていた求人広告を見て「老人ホーム・希望乃園」の清掃係として、働くようになりました。

当初は清掃係だったのですけれど、働き始めてまもなく、わたしは園長にひどく気に入られ、どういう能力なのかわからないものの、とにかく「あなたの素晴らしい能力」を認められ、寝たきりの老人たちのお世話をするスタッフに昇格しました。皺だらけの体を拭いてあげたり、本を読んで聞かせてあげたり、昔語りの聞き役になってあげたり、ごはんを食べさせてあげたり、おむつを替えてあげたり、痒いところを掻いてあげたり、とにかく頼まれたら、なんでもしてあげる仕事です。

わたしはそこで、すっかり人気者になりました。女性からも、男性からも、慕われるようになりました。同僚や先輩や後輩からも、重宝されるようになりました。何しろわたしは、みんなが嫌がるような仕事を率先してやってのけたからです。何か問題が起こったり、トラブルが発生したりすると「秋山さんにお願いしましょう」というのが合言葉のようなものになっていました。

男性の高齢者の中には、立って歩くことはできないのに、男根だけはしっかりと屹立する、というような人もいます。職場の口さがない人たちは「エロじじい」と呼んで、忌み嫌っていましたけれど、わたしにはむしろ、愛らしく、可愛らしい老人だと思えてなりません。そういう人たちの欲情を癒してあげるのもまた、わたしの重要な仕事です。泊まり込んで働くシフトの日の夜中、どうしても眠れなくなっている人の上に覆いかぶさって、彼らの熱を冷ましてあげることもあります。乳房をつかませてあげたり、舐めさせたりしてあげることも、骨と皮だけになった指を導いて、お尻をさわらせてあげることも。「有り難い」と拝まれ「観音様」であると崇められ、自分の財産を全部、あなたにあげたいと言って、実際にそういう手続きをしてくれた人もいます。

わたしはますます、みんなに奉仕するようになりました。愛には似ても似つかない行為であるのに、それは最も愛に近い形をしているのです。そこには、ありとあらゆる感情が息づいていましたけれど、なおかつ、そこにはどんな感情も存在していなかったのです。

女性の高齢者を慰撫してあげることもあります。男性よりも、女性の方が肉欲に対する業は深いのです。彼女たちは死ぬまで「女」なのです。望むと望まざるとにかかわらず。わたしは女だから、女がどうされたいのか、どうされたがっているのか、手に取るようにわかります。わたしはひたすら尽くしました。文字通り、この仕事にのめり込みました。

のめり込むのは得意中の得意です。すでに年季が入っています。彼ら・彼女たちの寂しさも痛いほどわかります。何しろわたしは寂しさの達人ですから。献身。救済。自己犠牲。聖なる娼婦。心身脱落。人生の残り時間が秒読みになっている人たちを、家族からも世間からも見捨てられ、生ごみのように朽ちていこうとしている人たちを、寂しく、切ない人々の生をまるごと、この手で、この身で、抱いてあげようとしたのです。絶望の対義語は希望ですけれど、絶望の同義語は幸福である、ということを知らしめてあげるためにも。その傍らわたしは、わたし自身の寂しさを慰めてもらうために、取っ替え引っ替え、ある種の男を活用しました。

おまえほど破廉恥な女を知らないと言って、わたしを殴りたい人がいたら、わたしは喜んで頬を差し出しましょう。いくらでも殴って下さい。おまえは非人間である、非女性である、汚らわしい、そう言って、わたしを罵倒して下さい。ええ、わたしは逃げも隠れもしませんから。

今朝、九十八歳のおじいちゃんにせがまれて、わたしはわたしの愛読書であり、かつては梨木さんの愛読書でもあった、道元禅師の未完の大作『正法眼蔵』の一節を朗読してあげました。

もしさとりよりさきのおもいをちからとして、さとりのいでこんは、たのもしからぬさとりにてありぬべし。さとりよりさきにちからとせず、はるかにこえてきたれるゆえに、さとりとは、ひとすじにさとりのちからにのみたすけらる。まどいは、なきものぞともしるべし。さとりはなきことぞともしるべし。


今はわたしには、幸福も不幸もありません。

ただ、いっさいは過ぎていきます。

自分が今まで阿鼻叫喚で生きてきたいわゆる「人間」の世界において、たったひとつ、真理らしく思われたのは、それだけでした。

ただ、いっさいは過ぎていきます。

わたしは今年、三十七になります。白髪がめっきり増えたので、たいていの人から、五十以上に見られます。

あとがき

　この手記を書き綴った女性を、私は、直接には知らない。けれども、この手記に出てくる「老人ホーム・希望乃園」の園長を、私は間接的にちょっと知っているのである。それというのも、私の長年の友人が数年前からつい最近までこの施設で働いていたことがあり、今の園長から聞いた話として、前の園長のことや、その頃に施設で起こった悲喜こもごもを四方山話として私に、問わず語りであれこれと、話して聞かせてくれたからである。この手記には、どうやら、昭和四十、五十、六十年代、あの頃の京都の風景がおもに写されているように思われる。私はちょうど昭和が終わった年にアメリカ人と結婚してアメリカに移住したため、この手記を書いた女には、お目にかかることができなかったわけである。

　然るに、今年の二月、私は年に一度の日本帰国の折り、先に書いた友人に会う機会を得た。この友人は、私の大学時代のいわば学友で、今は某女子大の講師をしているのであるが、前述の通り、彼女はそれよりも前に数年「希望乃園」で自身の研修を兼ねて仕事をしていたことがあり、退職時に今の園長から「実はこんなものがあるのだけれど」と声をかけられ、三冊のノートブックと、三葉の写真を託されたというのである。

「聞けば、前の園長の時代に働いていた人が残していったものらしいの。それを今の園長が引き出しの奥で眠らせていたのね。『私が持っていても、どうすることもできないし、でも、捨ててしまうには忍びないし、よかったら、アメリカにいらっしゃるという、あなたのお友だちの作家の方にでも、読んでもらえたらいいんじゃないかと思って』……そう言われて、手渡されたのよ」

「どうしてまた、この私に？」

と、尋ねると、

「何か、小説の材料にでもなるかもしれないって、思ったんじゃない？」

彼女はそう言いながら、バッグの中から三冊のノートと三葉の写真を取り出して「これなんだけど」と、私に差し出した。

「あなたは読んだの？」

「ううん、私はまだ。最初の方だけ読んで、なんとなく……」

「なんとなく、読みたくなくなったの？」

「そうじゃなくて、読んではいけないようなもののように思えて。でも、わからない。きっと、あなたみたいな人には、読まれたがっているんじゃないかな。書かれたがっているというか」

私は、人から押しつけられた材料で作品を書けないたちなので、すぐにその場で返そうかと思ったけれど、写真（三葉の写真、その奇怪さについては、はしがきにも書いておいた）に心を惹かれ、とにかくノートを預かることにして、滞在先のホテルに持ち帰ったのであった。

その夜、打ち合わせを兼ねた編集者との会食、新刊のサイン本の作成など、さまざまな所用を済ませたあと、私は朝まで一睡もせずに、三冊のノートを読みふけった。作家が言うのだから間違いない。掛け値なしに、面白かったからである。

一度目に読み終えたあと、ひとつ、まぶたの裏に浮かんできた光景があった。それは、何年か前に旅したアリゾナ州にある町、確か、ジェロームという名前だったと記憶しているが、百数十年ほど前に銅鉱山の町として栄え、第二次大戦後に需要が激減したため閉山に追い込まれ、かつては一万五千人だった人口はわずか五十人あまりとなり、ゴーストタウンと化してしまったものの、寂れたことを観光資源として、現在では全米各地から観光客を引き寄せているという町のかたすみにあった、うらぶれたとしか言いようのない、お世辞にも博物館とは言えないような粗末な施設の中で目にした、あざやかな、光り輝く、怪しくも美しい光景であった。

「別世界を体験してみましょう」

日本語に直せばそのようになる英文の案内に誘《いざな》われて、ビロードのカーテンで仕切られている小部屋に入ると、ショーケースの中に雑然と置かれている無数の小石があった。なんの変哲もない、ただの薄汚れた石ころに過ぎないそれらの無数の塊は、指示に従って、ケースの横に付いているスイッチを押すと、室内の灯りが消え、同時に放射された紫外線に照らし出されて、いっせいに光を放ったのである。赤、青、黄、緑、オレンジ、ピンク、紫、ありとあらゆる色が洪水のように、線香花火のように、ガラスのケースの中で弾け、きらめいていた。スイッチをオフにすると、ただの灰色の石ころ。オンにすると、まさにダイヤモンドとエメラルドとルビーとオパールとサファイアと真珠。その部屋の中で、誰もがそうするように、私も何度もオフとオンを切り替えては、石たちの織り成す別世界に見とれた。ある角度から、ある種の光を当てると、この世のものとは思えないほど美しく輝いてみせる。私は「秋山葉湖」という女性が書き綴ったノートに、そのような光を見たのである。そうして、また、このようにも思った。人の一生とは、言ってしまえば誰の人生も、あの、石ころの集合体のようなものなのであろうかと。

二度目に読み返しているとき、第一の手記の途中で、私は、あるドキュメンタリー映画の中で、アメリカ人の父親から性的虐待を受け続けていたアメリカ人の幼女がインタビューに答えて、口にした言葉を思い出した。インタビュアーである心理学者の質問「お父さんに何をされたの？　あなたのどこをさわられたの？」に答えて、少女は舌足らずな口調で恥ずかしそうに「プライベート」と、つぶやくように言った。女の子は自分の父親に

「個人的な部分」すなわち「性器」を犯されたと、語っていたのである。「プライベット」と聞こえた英単語の響きは長く、痛ましいものとして、私の胸に刻まれていた。いつしか薄れかけていたその一語が手記を読んでいるさいちゅうに、よみがえってきた。むろん葉湖は父親に犯されたわけではなかったのであるけれども。さまざまな男が通り過ぎていった、彼女の「プライベット」がここにある、と、私は思ったのである。

手記に書かれてあるのは、昔の話ではあったものの、しかし、現代の人たちが読んでも、かなりの興味を持つに違いない。下手に私の筆を加えるよりは、これはこのまま、どこかの出版社に頼んで発表してもらった方が、なお、有意義なことのように思われた。秋山葉湖がそれを望んでいたか、いなかったかについては、読者の判断に任せればいい。

私は、ホテルで朝食をとったあと、友人に電話をかけて、

「きのうは、どうも。ところで……」

と、すぐに切り出した。

「このノート、しばらく貸してもらえる？　悪いようにはしないから、私の好きにしていい？」

「どうぞ。貸すというよりも、あなたにあげるわ。返してもらって、私が持っていても仕方のないものだし。園長にもそう言っておくから、安心して」

「ありがとう。ところでもうひとつ、この人は、まだ生きているの？」

「さあ、それが、さっぱりわからないの。園長も知らないって言ってた。前の園長はずいぶん前に亡くなってしまっていて、彼女はそれよりも前に重い病気にかかって、辞めたらしいから。書いたのはきっと、園で働いていた頃なんでしょうけど」

「重い病気ってことは、亡くなっている可能性もあるわね」

「さあ、それは私にはなんとも……」

電話を終えようとする直前に、友人は、ふと思い出したような口調で付け加えた。

「ああそういえば、園長がこんなことを言ってたっけ。これは、前の園長の言葉だけど」

秋山葉湖をよく知っていた前の園長は、何も知らない今の園長にノートを手渡しながら、何気なさそうに言ったという。

――私たちの知っている葉ちゃんは、とても素直で、よく気が利いて、人に尽くすことしか知らない、本当にマリア様みたいな優しい、いい子でした。

装画　オカダミカ
装丁　野中深雪

本書は書き下ろしです。

小手鞠るい（こでまり・るい）

一九五六年、岡山県出身。八一年 第七回サンリオ「詩とメルヘン賞」を受賞し、三冊の詩集を上梓。九三年『おとぎ話』で第十二回「海燕新人文学賞」を受賞し、作家デビュー。二〇〇五年『欲しいのは、あなただけ』で第十二回「島清恋愛文学賞」を受賞。〇九年 原作を手がけた絵本『ルウとリンデン 旅とおるすばん』で「ボローニャ国際児童図書賞」を受賞。一二年『心の森』が第五十八回青少年読書感想文コンクール小学校高学年の部の課題図書に選出される。近著に『庭』『今夜もそっとおやすみなさい』『文豪中学生日記』など。

女《じょ》性《せい》失《しっ》格《かく》

二〇二一年十二月十日　第一刷発行

著　者　小手鞠《こでまり》るい
発行者　大川繁樹
発行所　株式会社 文藝春秋
〒一〇二―八〇〇八
東京都千代田区紀尾井町三―二三
電話　〇三―三二六五―一二一一
印刷所　萩原印刷
製本所　大口製本
ＤＴＰ　言語社

万一、落丁・乱丁の場合は送料当方負担でお取替えいたします。小社製作部宛、お送りください。
定価はカバーに表示してあります。

ISBN 978-4-16-391477-0